FUSION FANTASTIC STORY

월문선 장편 소설

화려한 귀환 3

월문선 장편 소설

초판 1쇄 찍은 날 § 2014년 3월 7일
초판 1쇄 펴낸 날 § 2014년 3월 14일

지은이 § 월문선
펴낸이 § 서경석

편집부장 § 권태완
편집책임 § 이효남
디자인 § 이거일

펴낸곳 § 도서출판 청어람
등록번호 § 제387-1999-000006호
등록일자 § 1999. 5. 31
어람번호 § 제1-1802호

주소 § 경기도 부천시 원미구 부일로 483번길 40 서경B/D 3F (우) 420-822
전화 § 032-656-4452 팩스 § 032-656-4453
http://www.chungeoram.com
E-mail § chungeorambook@daum.net

ISBN 979-11-5681-917-2 04810
ISBN 978-89-251-3687-5 (세트)

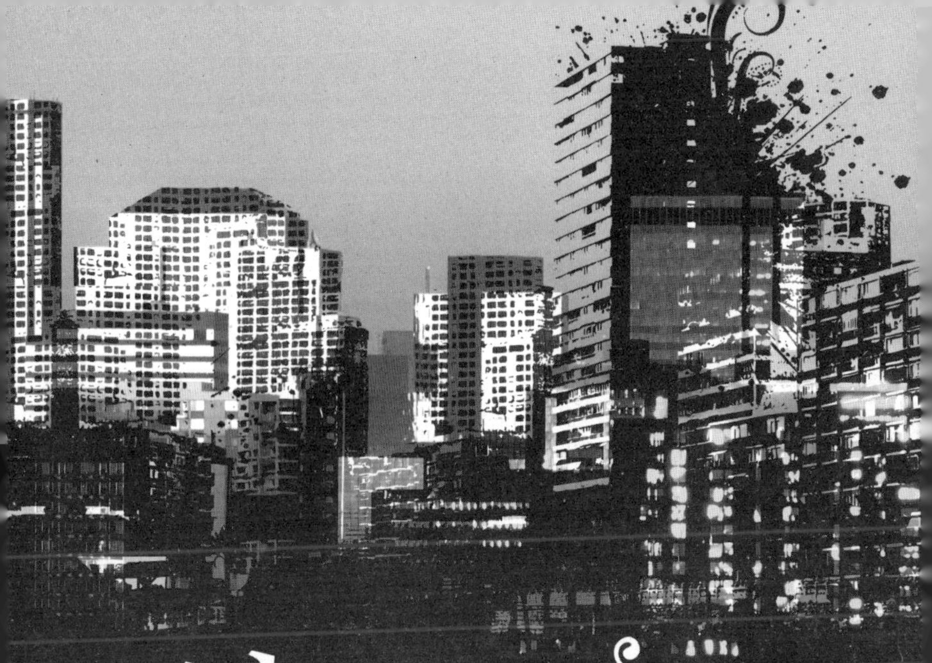

화려한 귀환

3

FUSION FANTASTIC STORY

월문선 장편 소설

도서출판 청어람

CONTENTS

제 1 장
마법 협회 일본 지부의 음모

인천 중부 경찰서의 서장실.

지금 서장실에서 땀을 뻘뻘 흘리며 전화를 받고 있는 50대 중반의 대머리 사내가 한 명 있었다.

사내는 바로 인천 중부 경찰서의 경찰서장이었다.

"무슨 일이십니까, 경찰청장님!"

경찰서장은 긴장한 표정을 지었다.

무려 경찰청의 청장이 자신에게 직통 전화를 걸어왔던 것이다. 그리고 계속해서 이어지는 경찰청장의 말에 경찰서장의 얼굴은 시시각각 변해갔다.

"예, 알겠습니다! 저한테 맡겨주십시오. 확실하게 뒤처리를 해놓겠습니다!"

그 말을 끝으로 전화를 끊은 경찰서장은 의자에 몸을 기대더니 천장을 올려다 바라봤다. 복잡한 심정을 정리하는 모양이었다. 그리고 심호흡을 한차례 하더니 어디론가 전화를 걸기 시작했다.

*　　　*　　　*

"기다려 주세요!"

경찰들이 요모기 연합과 후광파의 조직원들을 체포하려고 하자 최미현이 나섰다.

불과 조금 전까지 자신들은 노부유키를 몰아세우고 있었다.

다행인지 불행인지는 모르겠지만, 마법 협회 일본 지부에서 파견한 인물이 더 이상 없어 보였기에 가능한 일이었다.

만약 슈이치와 같은 실력자가 또 있었다면 이렇게 쉽게 노부유키를 잡을 수 없었을 것이다. 그렇게 이제 앞으로 한걸음이면 노부유키의 범행을 밝혀낼 수 있을 터.

하지만 갑작스럽게 경찰들이 등장하면서 일이 꼬이기 시작한 것이다.

"저자는 일본 야쿠자 조직인 극동회의 조직원이에요. 우리나라에 마약과 엔화 위조지폐를 퍼뜨리려고 했다고요!"

"하아? 마약? 위조지폐?"

최미현의 말에 경찰 간부는 콧방귀를 뀌었다.

"요즘 조폭들은 거짓말이 날이 갈수록 느는구만. 아니 그보다……."

경찰 간부는 기분 나쁜 시선으로 최미현을 위아래로 훑어 봤다.

"이제는 이런 여자도 조폭질이야? 말세로군 말세야."

"뭐라구요!"

"앙탈부리는 게 귀엽구만. 뭐, 자세한 이야기는 서로 가서 하도록 하지. 잔뜩 귀여워해 줄 테니 말이야."

경찰 간부는 최미현을 바라보며 음흉한 미소를 지어 보였다. 그러자 최미현은 차가운 얼굴로 입을 열었다.

"나는 국정원 소속 인간입니다. 지금 당장 부당한 체포를 중지하고 노부유키를 체포하세요!"

"뭐? 국정원?"

순간 경찰 간부의 눈초리가 매서워졌다.

"아니, 이 여자가 좋게 봐주려고 했더니만 이젠 헛소리까지 해? 국가공무원 사칭죄로 가중처벌 받고 싶어?!"

경찰 간부는 어이가 없다는 얼굴로 최미현을 윽박질렀다.

"뭐라구요? 당신 계급이랑 이름 뭐야."

결국 최미현도 참을 수 없었는지 경찰 간부 앞에서 따지고 들기 시작했다.

하지만 오히려 그녀의 태도에 경찰 간부의 성질만 돋우는 꼴이 되고 말았다.

"뭐야? 이년이 미쳤나!"

경찰 간부는 들고 있던 경찰봉으로 최미현을 후려치려고 했다.

"꺄악!"

그러자 최미현은 비명을 질르며 몸을 숙였다.

턱!

"그쯤하시죠. 보기 안 좋습니다."

경찰봉이 최미현의 얼굴에 떨어지려는 찰나 현성이 나서서 손으로 잡았다.

"이 새끼 또 뭐야?"

경찰봉을 막아선 현성의 행동에 경찰 간부는 눈을 부라렸다.

"민중의 지팡이라고 하는 경찰이 일반 시민에게 폭력을 행사해도 되는 겁니까?"

"뭐?"

정신이 나간 여자가 나대질 않나, 이번에는 스무 살이 될까 말까 한 소년이 건방진 소리까지 하자 경찰 간부는 어처구니없는 표정을 지었다.

"이거 안 되겠군. 이 자식들 공무집행방해죄까지 추가해야겠어!"

"그게 무슨……!"

경찰 간부의 말도 안 되는 처사에 최미현이 항의했다.

하지만 경찰 간부에게는 씨알도 먹히지 않았다.

"닥쳐! 이젠 이런 어린 애새끼들까지 조폭질이나 해대고. 참 가관이구만!"

"말이 지나친 거 아닙니까? 그러고도 이 나라의 경찰이라고 할 수 있습니까?"

"뭐라고?"

자신보다 한참 나이가 어려 보이는 현성의 참견하는 말에 경찰 간부는 붉으락푸르락해진 얼굴로 현성을 노려봤다.

"야, 이 새끼야. 각오 단단해라. 네가 아무리 나이가 어리다고 해도 경찰관을 모욕하는 일이 얼마나 큰 잘못인지 내가 뼛속까지 가르쳐 주마."

경찰 간부는 자존심이 높았다.

그 때문에 자신에게 건방진 소리를 해대는 현성을 용서할 수 없었다.

'취조실에서 어디 한번 두고 보자, 건방진 애새끼!'

사무실 안에는 보는 눈들이 많았다. 자신이 비록 간부급 인사라고 해도 수많은 경관들이 보고 있는 앞에서 머리에 피도 안 마른 소년을 두들겨 팰 수 없는 노릇이었다.

하지만 사람들이 보는 눈이 적은 취조실 안이라면 이야기는 달랐다.

얼마든지 눈앞에 있는 소년의 썩어빠진 근성을 고쳐줄 수 있을 터.

"말이 너무 심한 거 아닌가요? 그리고 다짜고짜 폭력을 행사하려고 하다니. 이번 일은 절대 그냥 넘어가지 않겠어요. 국정원을 통해서 반드시 책임을 묻겠어요!"

그때 경찰봉으로 얻어맞을 뻔한 최미현이 경찰 간부를 노려보며 말했다.

그러자 경찰 간부는 최미현을 비웃는 얼굴로 바라봤다.

"이 여자는 아직도 정신을 못 차렸구만. 좋아, 그럼 아가씨 말이 맞다고 치고 아가씨가 국정원 직원이라는 증거 있어? 증거 있냐고?"

"그, 그건……."

경찰 간부의 말에 최미현의 표정이 흐려졌다.

자신의 신분을 증명할 만한 물건이 하나도 없었기 때문이다.

"그것 봐. 아무 증거도 없는 주제에 국정원 직원을 사칭하다니. 간이 아주 배 밖에 나왔구만."

경찰 간부는 의기양양한 표정을 지었다.

"하, 하지만 여기 공장을 조사해 보면 마약이나 위조지폐 원판이 있을 거예요!"

"뭐? 조사?"

최미현의 말에 경찰 간부는 폭소를 터뜨렸다.

"이봐, 아가씨. 그런 걸 하려면 수색영장이 있어야 가능해. 유감스럽게도 우린 수색 영장이 없거든. 그러니 여기 공장을 조사할 권한이 없다, 이 말이지."

"그런……."

최미현의 얼굴에 절망감이 감돌았다.

노부유키를 잡으려면 지금이 기회였다. 하지만 이대로라면 노부유키는 도망쳐 버리고 말 것이다.

'기껏 여기까지 왔는데……!'

노부유키의 곁에 슈이치와 같은 실력자가 더 이상 없었기에 최미현은 마음을 놓고 있었다.

그런데 설마 경찰들이 방해하러 나타날 줄이야!

'흥, 멍청한 년 같으니.'

경찰 간부는 속으로 최미현을 비웃었다.

그녀가 정말 국정원 직원인지, 아닌지는 알 수 없었다.

하지만 설령 최미현의 말이 사실이라고 해도 경찰 간부는 걱정이 없었다.

지금 자신들은 정의를 위해서 움직이고 있었으니까.

현재 공장 상황만 봐도 명명백백했다.

경찰 간부에게 있어서 요모기 연합과 후광파의 조직원들은 공장을 불법 침입한 조직폭력 범죄자들에 지나지 않았다.

또한, 그럴 일은 없겠지만 설령 노부유키가 마약이나 위조지폐를 가지고 있었다고 밝혀진다고 해도 자신은 몰랐다고 발뺌하면 끝날 일이었다.

'그리고······.'

경찰 간부는 노부유키와 눈짓을 교환했다.

이번 일이 끝나면 노부유키로부터 상당한 보상을 받기로 약속한 상태였다.

그 거래 내역만 들키지 않는다면 자신이 곤란해지는 상황은 일어나지 않을 것이다.

그 때문에 경찰 간부는 자신만만해 있었다.

자신의 스마트폰으로 한 통의 전화가 걸려오기 전까지는.

위이잉.

"뭐야?"

경찰 간부는 진동하고 있는 스마트폰을 꺼내들었다.

발신자는 인천 중부 경찰서 서장이었다.

"무슨 일입니까, 서장님?

─야, 이 빌어먹을 새끼야!

스마트폰을 받자마자 우렁찬 욕 소리가 울려 퍼져 나왔다.

갑작스러운 경찰서장의 목소리에 경찰 간부는 어안이 벙벙한 표정을 지었다

─야, 김창식 경감! 너 이 새끼 대체 무슨 짓을 한 거야?

경찰서장의 외침에 경찰 간부, 아니 김창식 경감은 심장이 덜컥 내려앉는 기분이었다.

'뭐지. 설마 나와 노부유키의 관계를 들킨 건가?

"그게 무슨 말씀이신지……?"

하지만 김창식 경감은 모르는 척 시치미를 뗐다.

─지금 그걸 몰라서 물어? 이 새끼야!

바로 스마트폰 너머에서 경찰서장의 호통 소리가 터져 나왔다. 찔끔한 김창식 경감은 식은땀을 주르륵 흘렸다.

─너 때문에 내가 왜 경찰청장님한테 욕을 먹어야 되는데? 이 빌어먹을 새끼야!

"예에?"

뜻밖의 말에 김창식 경감은 턱이 빠져라 입을 벌렸다.

경찰청장님이라니?

이게 무슨 아닌 밤중에 홍두깨 같은 소리란 말인가?

─아무튼 네 앞에 지금 김현성이라는 분이 계시냐?

"김현성이요?"

김창식 경감은 주변을 둘러봤다.

"여기에 누가 김현성이지?"

그 말에 현성이 한걸음 나섰다.

"나요."

불과 조금 전까지 제대로 손을 봐주려고 했던 어린 새끼가 앞으로서 나서자 김창식 경감은 눈살을 찌푸렸다.

'저 자식이 뭐길래 서장님이 찾는 거지?

김창식 경감은 의아한 눈으로 현성을 바라봤다.

하지만 이내 화들짝 놀라야 했다.

—야, 이 미친 새끼야! 지금 누구 앞에서 반말이야!

스마트폰에서 또다시 경찰서장의 호통 소리가 울려 퍼졌기 때문이다.

"예, 예?"

김창식 경감은 놀란 눈으로 되물었다.

눈앞에 있는 김현성이라는 소년에게 반말을 했다는 이유로 경찰서장이 이렇게 화를 내다니?

'뭐, 뭐지? 대체 뭐가 어떻게 돌아가고 있는 거야?'

김창식 경감은 혼란스러웠다. 그런 그에게 경찰서장의 말이 재차 들려왔다.

—야, 너 설마 그분을 체포한다거나 하는 짓거린 아직 하지 않았겠지?

"이미 했는데요."

—뭐야?!

경찰서장의 언성이 높아졌다.

—이 또라이 새끼. 아주 개념을 밥 말아 처먹었네. 설마 최미현이라는 국정원 직원에게도 무슨 짓을 한 건 아니겠지?

"구, 국정원 직원이요?"

국정원이라는 말에 김창식 경감의 안색이 어두워졌다.

김창식 경감은 요모기 연합과 후광파 직원들을 빙 둘러보며 떨어지지 않는 입을 열었다.

"최, 최미현이 누구요?"

"나에요."

김창식 경감의 말에 최미현이 앞으로 나서며 대답했다.

'진짜 국정원 직원이었다니!'

김창식 경감의 얼굴이 하얗게 질렸다.

불과 조금 전까지만 해도 그녀를 미친년 취급을 하면서 경찰봉으로 후려치려고까지 했으니 말이다.

김창식 경감은 정신이 나간 표정으로 경찰서장과 전화통화를 했다. 그리고 마지막으로 경찰서장이 김창식 경감에게 엄포를 놓았다.

─아무튼 김창식 경감! 자네 서로 돌아오면 나 좀 보세. 내가 자네한테 무슨 잘못을 했길래 이따위 짓을 벌였는지 아주 소상하게 들어봐야겠어. 그리고 노부유키라는 일본인 있지? 그놈 확실히 잡아오게. 안 그러면 너 죽고 나 죽자. 알겠냐?

"예……."

김창식 경감은 덜덜덜 떨며 대답했다.

자신의 경찰 생활이 끝났다는 사실을 직감한 것이다.

그때 노부유키가 김창식 경감을 걱정스러운 눈으로 바라봤다. 스마트폰으로 전화통화를 나누던 김창식 경감의 모습이 심상치 않았으니까.

"김창식 경감님?"

김창식 경감은 자신을 바라보는 일본원숭이 한 마리를 바라봤다.

'시발! 저 망할 원숭이 새끼 때문에……!'

김창식 경감의 원망은 애꿎은 노부유키에게로 향했다.

"씨발. 뭣들 해! 저 새끼 잡아!"

결국 김창식 경감은 노부유키를 가리키며 경관들에게 명령을 내렸다.

그런 김창식 경감의 명령에 의아해하는 경찰관들.

그중에서 가장 놀란 사람은 다름 아닌 노부유키였다.

"그, 그게 무슨 말입니까!"

노부유키는 믿을 수 없는 눈으로 김창식 경감을 바라봤다.

그러자 김창식 경감은 눈살을 찌푸리며 소리쳤다.

"범죄자 새끼가 무슨 말이 이렇게 많아! 누가 저 새끼 수갑 채워!"

"……!"

그 말에 노부유키는 지금 상황을 파악했다. 무슨 일인지는 몰라도 김창식 경감이 자신을 체포하려고 한다는 사실을 안 것이다.

"야, 이 김창식 개새끼야! 내가 너한테 쏟아 부은 돈이 얼마……!"

"이런 미친 새끼가 어디서 헛소리를 지껄이는 거야!"

김창식 경감은 노부유키의 말허리를 자르면서 경찰봉을 휘둘렀다.

"어이쿠!"

졸지에 김창식 경감에게 머리를 강타당한 노부유키는 땅바닥에 쓰러졌다.

결국 노부유키는 김창식 경감에게 꼼짝없이 제압당하고, 경관들에게 수갑이 채워졌다.

노부유키는 경관들에게 양팔을 잡혀서 사무실 밖으로 끌려 나가면서 독기 어린 눈빛으로 김창식 경감을 노려봤다.

"두고 보자, 김창식 이 새끼! 내가 혼자 죽을 줄 알어?!"

"흥, 끌고 가!"

김창식 경감은 코웃음을 쳤다.

하지만 정작 속은 시커멓게 썩어가고 있었다.

그동안 몇 차례 노부유키로부터 뇌물을 받아 챙겼기 때문이다. 노부유키를 체포하면 그 사실이 탄로날 수도 있었다.

'하지만 그때는 그때다.'

김창식 경감은 가슴이 두근거리고 불안감이 들었다.

자신이 로비 자금을 받았다는 사실을 감추려면 지금 이 자리에서 어떻게 해서든 노부유키를 도망치게 만드는 편이 나을 수 있었다.

하지만 그랬다간 당장 경찰서장의 손에 의해 자신의 목이 날아갈 것이다.

어디 그뿐인가?

어찌된 이유인지는 모르지만 경찰청장도 얽혀 있었다.

'시발! 이래 죽으나 저래 죽으나 똑같다면⋯⋯.'

차라리 노부유키를 체포하는 편이 나았다.

직접 자신의 손으로 노부유키를 체포하였으니 정상참작의 여지도 있었고, 비록 뇌물을 건네받기는 했지만 전부 현찰로 받은 것이다.

노부유키가 자신에게 뇌물을 주었다고 폭로한다고 해도, 명확한 증거가 나오지 않는 이상 발뺌하면 된다고 생각했다.

하지만 이러니저러니 해도 김창식 경감은 파멸을 피할 수 없었다.

단지 그 피해가 크거나, 적거나의 차이일 뿐.

지금 상황에서 김창식 경감이 할 수 있는 최선은 경찰서장의 명령대로 노부유키를 체포하는 일이었다.

그렇게 노부유키가 체포되자 현성과 최미현, 그리고 쿠레하는 서로 안도의 한숨을 내쉬었다.

*   *   *

상황은 일사천리로 해결되었다.

김창식 경감이 데리고 온 경관들은 노부유키와 그의 휘하에 있던 일본 극동회 소속 야쿠자들을 체포하기 시작했으며, 최미현의 요청으로 공장 내부도 수색했다.

인천 중부 경찰서의 서장이 최미현의 신원을 알려주었기 때문에 김창식 경감은 그녀의 말을 거부할 수 없었다.

그렇게 공장 내부를 수색한 결과, 필로폰을 제조한 흔적과 다량의 마약을 발견할 수 있었다.

물론 엔화 위조지폐 원판까지도.

그 덕분에 노부유키의 파멸은 확정적이었다.

그리고 공장에서 일이 일단락되자 최미현은 현성이 부탁한 대로 슈이치를 맡기로 했다.

국정원에 연락하여 슈이치의 신원을 확보한 것이다.

물론 슈이치와 함께 있던 뉴 엘리트파의 조직원들은 전원 경찰서행이었으며, 노부유키에게 받아 챙긴 마약도 발견되었다.

증거를 잡은 경찰들은 뉴 엘리트파의 모든 조직원들을 잡기 위해 혈안이 되었다.

조만간 현성의 예상대로 뉴 엘리트파는 해체될 것이다.

노부유키가 은신하고 있었던 공장 앞.

지금 그 앞은 혼잡하기 짝이 없었다.

경찰관들이 노부유키를 비롯한 극동회 지부 조직원들을 굴비 엮듯이 체포해서 서로 연행하고 있었으며, 현성과 최미현뿐만이 아니라 요모기 쿠레하가 이끄는 요모기 연합과 용 사장이 이끄는 후광파 조직원들도 모여 있었기 때문이다.

"대체 어떻게 된 일일까요?"

최미현은 연행되고 있는 극동회 조직원들을 바라보며 의

아한 얼굴로 입을 열었다.

분명 김창식 경감은 제대로 된 조사도 하지 않고 다짜고짜 자신들을 체포하려고 했다.

하지만 전화 한 통화로 상황이 달라졌다.

느닷없이 노부유키를 체포하는가 하면, 김창식 경감이 자신들에게 사과를 한 것이다.

"국정원에서 움직인 게 아닙니까?"

"글쎄요……. 잘 모르겠어요."

현성의 말에 최미현은 고개를 흔들었다.

경찰관들이 공장 사무실에 들이닥쳤을 때, 최미현은 국정원에 보고를 하지 않았었다.

그 때문에 그 당시 국정원에서는 노부유키가 은신해 있는 공장에 대해서는 모르고 있을 터였다.

"형님. 어디 짐작 되는 곳이 없습니까?"

이번에는 용 사장이 현성에게 질문했다.

"흠……."

용 사장의 말에 현성은 생각에 잠겼다.

국정원이 아니라면 대체 어디서 움직인 것일까?

노부유키가 은신해 있는 공장의 상황을 알고 있고, 경찰서장조차 가볍게 휘둘렀다.

'설마… 아니겠지.'

순간 어느 조직을 떠올린 현성은 속으로 고개를 흔들었다.

아무리 그 조직이라고 해도 이렇게 발 빠르게 움직일 수 있을까?

'하지만 대한민국 내에서 국정원을 제외하고 이렇게 움직일 수 있는 조직은 오직 한 군데밖에 없지.'

마법 협회 한국 지부.

다른 이름으로는 인천 역사 유물 박물관.

현성이 알고 있는 조직 중에서 경찰들을 움직일 수 있을 만한 권한을 가진 단체는 인천 역사 유물 박물관밖에 없었다.

'응? 이 기척은?'

그때 현성은 어딘가 익숙한 마나를 감지했다.

싸늘함이 느껴지는 마나의 기운.

"일을 화려하게 벌였더군, 김현성."

얼마 지나지 않아 현성의 등 뒤에서 차갑지만 맑은 음색의 목소리가 울려 퍼졌다.

'서유나!'

설마 여기서 그녀와 만나게 될 줄이야!

"여긴 어쩐 일입니까?"

현성은 고개를 돌리며 말했다.

그곳에 허리까지 내려오는 긴 검은색 머리카락과 붉은색 눈을 가진 미녀가 차가운 표정으로 서 있었다.

"그건 네가 잘 알 텐데?"

'흠. 역시 인천 역사 유물 박물관에서도 알고 있었나 보군.'

이곳에 그녀가 나타났다는 사실은 박물관에서 혼죠 슈이치라는 일본 지부에서 파견한 인물을 알고 있다는 소리였다.

"저 여자는 누구지?"

"저분은 대체 누구죠?"

그때 갑작스럽게 나타난 서유나의 등장에 최미현과 쿠레하는 현성에게 답변을 요구했다.

지금 그녀들은 서유나를 본 순간 살짝 주눅이 들어 있었다.

그녀들이 보기에도 서유나는 굉장한 미녀였기 때문이다.

아름다운 붉은색 눈동자와 무엇보다 부럽기 짝이 없는 스타일의 늘씬하고 글래머스러운 몸매.

'거기다 혼혈인이라니!'

그런 서유나가 현성과 아는 척을 하자 최미현과 쿠레하는 경각심을 가졌다.

더 이상 라이벌이 생기는 일은 달갑지 않았던 것이다.

"마침 잘되었군요. 당신들에게 중요한 할 말이 있습니다."

"중요한 할 말이라니……."

갑작스럽게 등장한 혼혈 미녀의 말에 최미현과 쿠레하는 의아한 표정을 지었다.

그런 그녀들을 바라보며 서유나는 차가운 미소를 짓고 있을 뿐이었다.

$$*\qquad*\qquad*$$

통.

전형적인 일본 정원.

새들이 지저귀는 소리와 이따금 대나무 통에 물이 가득 차 떨어지는 시시오도시의 청아한 소리가 들려온다.

그리고 일본 전통 집안의 다다미방에는 기모노를 입고 입에 곰방대를 물고 있는 노인이 한 명 있었다.

"그러니까 지금 임무가 실패했다 이 말인가?"

"예."

노인은 눈앞에 있는 검은 정장 차림의 사내의 대답에 담배 연기를 한차례 내뿜었다.

"허허. 그래 임무를 실패했단 말이지."

"……"

40대 후반으로 보이는 검은색 정장 차림의 사내는 방바닥에 납작 엎드린 채 식은땀을 흘렸다.

그 순간!

콰앙! 쿠구구궁!!

"크헉!"

굉음과 함께 땅바닥에 엎드려 있던 사내의 몸이 방바닥에 밀착되었다.

마치 무거운 물건이 짓누르고 있는 것처럼.

그리고 실제로 사내의 주변에는 무거운 중압이 걸려 있었다.

"크으윽! 요, 용서해 주십……."

온몸을 짓누르는 무거운 중압감 속에서 사내는 겨우겨우 입을 열며 애원했다.

"흥, 못난 놈."

사내의 말에 노인은 손을 한번 휘둘렀다. 그러자 사내의 몸을 짓누르던 중압감이 거짓말처럼 사라졌다.

"허억허억……."

사내는 방바닥에 엎드린 채 숨을 골랐다.

그런 그를 한심하다는 듯이 내려다보며 노인은 인상을 찌푸렸다.

"이번에도 아티팩트를 회수해 오지 못했을 줄이야."

노인의 이름은 이케다 신겐.

서진철 관장과 마찬가지로 매지션의 칭호를 가지고 있는 4클래스 유저 마법사이며, 마법 협회 일본 지부의 지부장이기도 했다.

속성은 중력 마법이며, 조금 전 검은색 정장 사내를 짓눌렀던 것도 다름 아닌 중력 마법의 일종이었다.

"혼죠 슈이치란 녀석은 어떻게 되었나?"

"그것이… 아직 연락이 없습니다."

"쯧……."

이케다 신겐은 혀를 한 번 차더니 곰방대를 입에 물고 피우기 시작했다.

혼죠 슈이치는 한국에서 발견된 고대 유적에서 아티팩트를 발굴하기 위해 투입한 미끼였다.

일본 야쿠자 조직인 극동회에서 마약을 한국에 유통시키고 엔화 위조지폐를 찍어내려고 하는 계획에 슈이치를 포함시켰던 것이다.

애초에 일본 야쿠자 조직인 극동회의 머리위에서 조종을 하고 있는 인물이 바로 신겐이었다.

한국에서 발견된 고대 유물인 아티팩트를 회수하기 위해서.

'그런데 실패를 했다니…….'

이케다 신겐은 눈살을 찌푸렸다.

한국에 마약 유통과 엔화 위조지폐를 유통시켜서 혼란을 주려고 했건만, 계획은 실패하고 슈이치로부터 연락마저 끊겼다.

분명 한국 지부 녀석들에게 당한 것이리라.

마법 협회 일본 지부의 입장에서는 뼈아픈 손실이 아닐 수 없었다.

비록 슈이치가 마법사는 아니었지만, 마법 협회에서 오랜 연구 끝에 탄생한 무인들 중 한 명으로 그 실력은 2클래스 상급 이상이었으니 말이다.

과거 중국 무림이라는 곳에 마법사들처럼 마나, 즉 기를 사용하는 자들이 있었다고 한다.

그들은 마나를 기(氣)라고 칭했으며, 내공심법이라는 호흡법을 통해 마나를 모았다. 그리고 마법사들이 오러나 오러 블레이드라고 부르는 검기와 검강을 자유롭게 다루었다고 전해지고 있었다.

하지만 현대에 들어와서 내공을 사용하는 무인들은 거의 없어졌다. 대기 중의 기운이 옅어졌기 때문이다.

아무래도 과거에는 대기 중의 기운이 충만했었지만 현대에 들어서서 대부분 없어진 모양이었다.

그렇게 무인들은 형태만 남은 무술로 연명했다.

하지만 거기에 마법사들이 끼어들었다.

마법사들은 오랜 세월 마나를 연구하여 과거 무림인들이 수련했던 내공심법과 비슷한 걸 만들어냈다.

그 결과 과거에 비할 바는 아니었으나, 무인들이 마나를 다룰 수 있게 된 것이다.

내공을 완전히 쓰지 못하던 때와 비교하면 천지차이였다.

어느 정도 검기를 사용할 정도는 되었으니까.

그중에서도 슈이치는 꽤 강한 편에 속했기에 이케다 신겐은 담배 맛이 쓰게 느껴졌다.

"하지만 슈이치 같은 무사들이야 조금만 투자를 하면 또 만들어낼 수 있지. 시간이 좀 걸리는 게 흠이지만."

마법 협회에서 무인들이 마나를 다룰 줄 있게 만드는 방법을 만들어낸 이후, 일정 기간 마나 속성 훈련시키면 충분히 강해지게 만들 수 있었다.

"그보다 역시 서진철 관장이군. 틈이 없어."

일본 극동회에서 시행한 마약과 엔화 위조지폐도 실패했다고 연락이 왔다. 그것만으로도 속이 쓰린데, 아티팩트 회수에도 실패했다고 연락이 오는 게 아닌가?

'어렵군, 어려워.'

이케다 신겐은 서진철 관장이 인천에서 버티고 있는 이상 한국이라는 나라를 어떻게 하기 힘들다는 생각이 들었다.

그나마 다행인 점은 아티팩트를 회수하러 투입한 일본 지부 마법사들이 무사히 돌아왔다는 점이었다.

"언젠가 반드시 한국을 내 발 아래에 두고 말겠다."

이케다 신겐은 의미심장한 미소를 지었다.

혼죠 슈이치를 잃고, 극동회까지 끌어들여서 아티팩트를 회수하려 했다가 실패한 건 자존심이 상하는 일이었지만, 이케다 신겐에게는 한국을 집어삼키기 위한 계획이 있었다.

"아티팩트는 아직 전 세계에 널려 있으니까."

현대 과학으로는 밝힐 수 없는 고대 유물.

전 세계에서 전해져 내려오고 있는 신화 속 이야기나, 고대에 존재했다고 전해지는 환상의 대륙 이야기 속에서 아티팩트와 오파츠 같은 고대 유물들이 등장한다.

지금 일본 지부의 마법사들은 이케다 신겐의 계획을 위해서 강력한 힘을 가지고 있는 아티팩트를 찾기 위해 전 세계를 돌아다니며 고군분투하고 있었다.

　　"아베 신이치."

　　"예."

　　"삼신기에 대한 조사는 어떻게 되어가고 있지?"

　　"……!"

　　이케다 신겐의 말에 사내, 아니 아베 신이치는 흠칫 몸을 떨었다. 삼신기는 일본 창세신화에 등장하는 고대 유물이다.

　　그 때문에 실제로 존재하고 있는지 알 수 없었다.

　　하지만 이케다 신겐은 삼신기가 실재한다고 믿고 있었다.

　　그 증거로 이웃나라인 한국에서도 삼신기에 대한 신화가 전해져 내려오고 있었으니까.

　　아니, 이미 마법 협회 한국 지부에서 삼신기 중 하나를 입수했다는 보고를 받았었다.

　　'한국에서는 천부인이라고 했던가. 설마 대일본제국의 신화에 등장하는 신기가 조센징의 나라에서도 전해져 내려오고 있었다니… 마음에 들지 않는군.'

　　하지만 그보다 이케다 신겐의 심기를 불편하게 만든 사실은 이미 한국 지부가 삼신기 중 하나를 입수했다는 사실이었다.

　　"아직 정보를 잡지는 못했습니다. 하지만 이번에 한국에서 있었던 일련의 사건들 덕분에 좋은 소식이 있을 거라 생각됩니다."

"그래야지. 아티팩트도 회수하지 못하고, 아까운 인재와 돈까지 낭비했으니 말이야."

마법 협회 한국 지부가 숨기고 있는 삼신기 중 하나, 팔지경(八咫鏡:야타노카가미)!

팔지경이 숨겨져 있는 장소를 알아내기 위해 일본 지부는 부단한 노력을 해왔다.

이케다 신겐이 마약과 위조지폐, 그리고 한국에서 발견된 아티팩트를 회수하기 위해 일본 지부 마법사들을 파견한 것도 궁극적인 이유로는 삼신기 때문이었다.

마법 협회 한국 지부, 아니 서진철 관장의 눈을 삼신기에서 떼어놓기 위해서.

남은 건, 한국에 파견되어 있는 비밀 공작원으로부터 팔지경의 위치 정보를 기다리는 것뿐.

'신들의 세상. 타카마가하라에 도달하는 것은 바로 우리들이다.'

전통 일본가택에서 이케다 신겐의 웃음소리가 흘러나왔다.

제 2 장
단란한 가족들과의 일상

"……."

방 안에서 눈을 뜬 현성은 잠에 취한 눈으로 침대 머리맡에 놓여 있는 시계를 확인했다.

새벽 4시.

"후아암."

이른 새벽 시간에 눈을 뜬 현성은 기지개를 한차례 켜고 침대에서 몸을 일으켰다.

그리고 가부좌를 틀고 명상에 잠겼다.

3서클을 마스터한 이후부터, 현성은 수목원에 가지 않고 종종 집 안에서 마나 수련을 시작했다.

하지만 마법 협회에 들어가게 된 이후에는 마나 수련 시간을 늘렸다. 거기다 얼마 전 서유나로부터 마법 협회의 상황을 들은 이후 더욱 수련에 박차를 가하고 있었다.

'설마 인천 역사 유물 박물관이 도움을 줬을 줄이야.'

현성은 며칠 전에 있었던 일을 떠올렸다.

경찰들에게 체포될 뻔한 자신들을 구해준 전화 한 통화.

그것의 작품은 다름 아닌 인천 역사 유물 박물관이었다.

더욱 정확하게 말하자면 서진철 관장이 국정원에게 도움을 청해 경찰청장을 움직인 것이다.

박물관의 직원과, 국정원 직원이 마약 사건에 연루되어 부당한 체포를 당하게 되었다고 말이다.

그 말을 서유나의 입에서 들었을 때 현성은 등골이 서늘했다.

'어지간한 국가정보기관보다 정보력이 더 좋다니…….'

대체 어떻게 알고 그런 정보를 국정원에게 전달한 것일까?

유감스럽게도 그 점에 대해서 서유나는 말해주지 않았다.

다만, 노부유키의 공장 근처에 있는 한적한 카페에서 현성을 비롯한 최미현과 쿠레하에게 여러 가지 이야기를 해주었다.

현성이야 이미 마법 협회의 인간이니 그냥 넘어간다고 해도, 최미현과 쿠레하는 아니었다.

하지만 서유나는 그녀들에게 마법 협회에 대한 이야기를

해주었다.

애초에 최미현의 경우는 국정원의 직원인지라 단편적으로나마 박물관에 대해 알고 있었다.

그리고 이번에 최미현이 국정원 내에서 승진을 하게 되었으며 부서가 바뀌게 될 거라고 말했다.

바로 자신들을 담당하고 서로 협력하게 될 국정원의 담당 부서로.

그 덕분에 최미현은 이제 베일에 싸여 있던 인천 역사 유물 박물관, 즉 마법 협회 한국 지부에 대해 알게 될 권한이 생긴 것이다.

'하지만 가장 놀란 건 쿠레하에 대한 이야기였지.'

요모기 쿠레하.

그녀는 일본 야쿠자 조직의 후계자로, 이번 사건이 생기기 전까지 마법과는 전혀 상관없는 삶을 살아온 뒷세계의 인물이었다.

그런 그녀에게 서유나는 놀라운 제안을 했다.

바로 자신들의 협력자가 되어달라고 부탁한 것이다.

당연히 쿠레하는 거절하며 코웃음을 쳤다.

그녀가 한국 지부를 도와줄 이유가 전혀 없었으니까.

하지만 서유나는 차분하게 한마디 했다.

'당신의 친구인 야마다 요시코를 죽게 된 이유가 마법 협회 일본 지부 때문인 건 알고 있나요?'

그 말에 쿠레하는 넘어가고 말았다.

서유나의 말에 흥미를 보인 쿠레하는 일본 지부에 대한 이야기를 듣게 된 것이다.

그리고 요시코가 엔화 위조지폐 원판을 만들게 된 배경이 다름 아닌 마법 협회 일본 지부의 개입이라는 사실과, 일본 야쿠자 조직인 극동회와 노부유키는 단지 일본 지부의 손에 놀아났을 뿐이라는 사실을 알게 되었다.

이에 쿠레하는 일본 지부에 대해 분노한다.

요시코를 죽게 만든 원흉이 노부유키가 아니라 따로 있었다는 사실을 알게 되었으니까.

거기다 서유나는 쿠레하에게 일본 지부의 악행과 한국 지부에서 그녀들을 도와주었다는 사실도 이야기해 주었다.

그렇지 않았다면 복수는커녕 지금쯤 경찰서에서 조사를 받고 있을 거라면서.

마법 협회 한국 지부는 요모기 연합을 통해서 일본 지부를 견제할 생각이었다.

그리고 자신들에게 협력을 해주면 요모기 연합을 지원해 주겠다는 약속도 해주었다.

그렇게 서유나에게 요구조건들을 들은 쿠레하는 고민했다.

확실히 그녀의 말대로 요모기 연합은 빚을 졌다.

하지만 그렇다고 해서 서유나의 제안을 자기 혼자 판단하고 수락할 수는 없었다.

결국 쿠레하는 서유나에게 요모기 연합의 본가로 돌아가서 상의해 보겠다고 이야기하면서 그날 있었던 일은 끝이 났다.

서유나는 그 이상 이야기를 하지 않았다.

아티팩트나, 오파츠에 관한 중요한 정보가 있음에도 불구하고 말이다.

'그리고 3일이 지났지.'

현성은 생각에 잠겼다.

지난 3일간, 자신들을 체포하려고 했던 경찰 간부는 오인 체포 및 뇌물 혐의로 결국 구속기소 되었다.

그나마 노부유키를 직접 체포했다는 점과 반성을 하고 있다는 점에서 형량이 좀 가벼워졌다는 이야기를 들었다.

그리고 쿠레하는 요모기 연합의 조직원들을 데리고 일단 일본으로 귀국했다.

반드시 다시 한국으로 돌아오겠다는 말을 현성에게 남기며.

그녀가 일본으로 돌아간다는 소리에 최미현의 안색이 확 밝아졌지만 현성은 신경 쓰지 않았다.

'문제는……'

그날 이후 현성은 마법 협회에서 어떻게 나올지 여유롭게 기다리고 있었다.

일본 지부에서 극동회를 도와주기 위해 파견한 슈이치에 대한 이야기나, 일반인 앞에서 마법을 사용한 점 등을 이유로 마법 협회에서 분명 무슨 이야기가 있을 거라 생각했던 것이다.

하지만 3일이 지난 지금까지 아무런 이야기가 없었다.

단지 그날 서유나로부터 대기하고 있으라는 말만 들었을 뿐.

'서진철 관장. 그는 대체 무슨 생각을 하고 있는 걸까?'

슈이치를 통해서 마법 협회가 어떤 조직인지 대충 윤곽은 잡았다. 그리고 마법 협회는 지부마다 독립적으로 움직이고 있다는 사실도 알 수 있었다.

마치 이드레시안 차원계의 마탑처럼.

'최대한 본래 힘을 되찾는 게 좋겠군.'

단편적으로나마 마법 협회에 대해 알게 된 현성은 되도록 빨리 자신의 본래 경지인 8클래스까지 마나 서클을 복원시킬 생각이었다.

그래야 자신의 염원인 9클래스가 될 단서를 찾을 수 있을 테니까.

그렇게 현성은 조용히 눈을 감고 마나 수련을 시작했다.

* * *

인천 역사 유물 박물관 관장실.

서진철 관장은 관장실의 창문 너머의 하늘을 바라보며 생각에 잠겨 있었다.

"김현성이라……."

마법 협회에 들어오고 마법을 배운지 얼마 되지 않아 1클래스를 마스터한 천재 소년.

마법 협회에 들어오기 전 이력도 화려했다.

자살 소동으로 죽었다 살아나고, 아직 어린 나이에 뒷세계의 폭력 조직도 접수했으니 말이다.

"재미있단 말이야."

서진철 관장은 현성이 흥미로웠다.

현성의 예상대로 박물관은 일본 야쿠자 조직인 극동회와 일본 지부에서 파견한 혼죠 슈이치를 주시하고 있었다.

박물관은 슈이치에게 미행을 붙였다.

그런데 혼죠 슈이치를 쫓고 있던 한국 지부 정보원 소속 마법사가 부상을 입고 일선에서 물러났다. 슈이치에게 그만 꼬리를 밟혔던 것이다.

그 덕분에 잠깐 동안 박물관은 슈이치의 행적을 놓치고 말았다.

그 후 서진철 관장은 슈이치가 국정원에 체포되어 보호를 받고 있다는 보고를 받았다.

"아마 김현성 군의 작품이겠지."

이미 서진철 관장은 현성이 이번 사건에 개입했다는 사실을 알고 있었다.

보고에 의하면 슈이치는 인사불성이 되어 있다고 했다.

그러니 제 발로 국정원에 갔을 리는 없을 테고, 누군가가 그를 쓰러뜨려서 국정원으로 넘겼다고밖에 생각할 수 없었다.

그럼 대체 누가 슈이치를 쓰러뜨린 것일까?

국정원의 에이전트 중에서 슈이치를 잡을 수 있을 만한 인물은 없었으며, 마법 같은 특수능력을 가진 소유자가 아닌 이상, 슈이치를 쓰러뜨리는 일은 불가능했다.

그리고 한국 지부 소속 마법사 중에서 슈이치를 쓰러뜨린 자는 없었다.

하지만 이번 일에 깊게 개입해 있는 마법사가 한 명 있었다.

다름 아닌 현성이었다.

서진철 관장은 자신들의 감시가 없는 틈을 타 현성이 슈이치를 쓰러뜨렸다고 잠정적으로 결론지었다.

실제로 현성의 곁에는 국정원 직원도 붙어 있었으니 말이다.

"고작 1클래스를 마스터한 실력으로 혼죠 슈이치를 쓰러뜨렸다라……."

서진철 관장은 턱을 쓰다듬으며 헛웃음을 흘렸다.

슈이치에게 미행을 붙였던 마법사는 2클래스 중급으로 나름 실력이 있는 자였다. 하지만 그조차 슈이치의 공격을 받고 겨우 도망쳐 나왔다.

"김현성. 이 소년의 정체가 무엇인지 정말 궁금하군."

서진철 관장은 현성을 좋게 봐주고 있었다.

마법 협회에 가입을 하기 위해 면접(?)을 봤을 때 현성의 사상이나 태도는 나쁘지 않았으며, 무언가 깨달은 바도 있어 보였으니까.

그리고 사실 이번에 현성이 슈이치를 상대하고 쓰러뜨려 준 덕분에 한국 지부는 안심하고 본연의 일에 집중할 수 있었다.

얼마 전 대한민국에서 발견된 고대 유물을 무사히 회수할 수 있었던 것이다.

도중에 일본 지부에서 파견한 마법사들의 방해를 받긴 했었지만, 현성이 슈이치를 상대해 준 덕분에 한국 지부는 고대 유물 회수에 집중했다.

그 결과 일본 지부 마법사들을 물리치고 고대 유물을 회수할 수 있었다.

"흠……."

결과적으로 한국 지부에 도움을 준 터라 서진철 관장은 현성을 어떻게 할지 고심했다. 현성이 무언가 숨기고 있다는 사실은 분명했다.

그것이 자신들에게 있어서 해가 될지 득이 될지 아직 판단을 내릴 수 없었다.

"조금만 더 지켜보도록 할까?"

서진철 관장은 만약 현성이 무슨 짓을 벌인다고 해도 마법 협회 한국 지부가 어떻게 될 거라고는 눈곱만큼도 생각하지 않았다.

다만 조금 귀찮은 일이 생기는 정도일 터.

"마법 협회는 일개 폭력 조직과는 차원이 다르니까 말이야."

서진철 관장은 자신감이 넘치는 미소를 지었다.

그는 현성이 뒷세계 폭력 조직인 후광파를 손에 넣었다는 사실을 알고 있었으며, 만약 인천 역사 유물 박물관도 폭력 조직과 같다고 현성이 생각한다면 엄청난 착각이라고 몸소 가르쳐 줄 의향이 있었다.

"뭐, 그 정도까지 어리석진 않겠지."

시전철 관장은 쓴웃음을 지었다.

그가 본 현성은 나이에 맞지 않게 생각이 깊어 보이는 소년이었다.

하지만 여전히 현성의 목적이 무엇인지, 그리고 정체가 무엇인지 알 수 없었다.

"현성에 대한 건 유나에게 맡겨야겠군."

서진철 관장은 2클래스 중급 마법사이며 자신의 하나밖에 없는 딸이기도 한 서유나라면 충분히 현성을 상대할 수 있을 거라 믿어 의심치 않았다.

벌컥!

그때 난데없이 관장실 문이 열렸다.

문을 열고 나타난 사람은 다름 아닌 기획운영과 과장인 이성재였다.

"무슨 일인가?"

"이거 참. 해가 서쪽에서 뜰 일이로군. 이성재 과장이 발바닥에 불이 나도록 뛰어온 걸 보면."

서진철 관장은 갑작스럽게 방문한 이성재 과장을 바라보며 피식 웃음을 흘렸다.

평소라면 정중히 노크를 하고 들어올 그가 관장실 문을 벌컥 열며 들어왔기 때문이다.

"과, 관장님! 큰일 났습니다!"

"그래, 무슨 일인가?"

"그자가 탈출했습니다."

"그자라니?"

"정신우 말입니다!"

"뭐라고?"

이성재의 말에 서진철 관장은 드물게도 놀란 표정을 지었다.

정신우.

그는 한국 지부 내에서 서진철 관장 다음가는 실력을 가졌지만, 잔인한 성격도 함께 가지고 있는 최강, 최악의 마법사였으니까.

하지만 이내 서진철 관장은 미소를 지으며 말했다.

"차라리 잘됐군. 나에게 좋은 생각이 있어."

서진철 관장은 지금 박물관이 안고 있는 문제를 해결할 일석이조의 방안을 생각해낸 것이다.

*　　　　*　　　　*

따스한 햇살이 내려오는 시간.

현성은 많은 사람들이 오가고 있는 인천 시내 거리를 걷고 있었다.

'무슨 선물을 사는 게 좋을까?'

얼마 전 요모기 쿠레하를 경호하는 일을 맡았던 현성은 용 사장으로부터 경호비를 받았다.

그 금액은 놀랍게도 무려 1,000만 원!

실질적으로 요모기 쿠레하를 경호한 기간이 이틀뿐이었다는 걸 보면 많은 금액이라고 할 수 있었다.

하지만 그 이틀간 현성이 해온 일이 매우 컸다.

뉴 엘리트파에 납치당한 쿠레하를 구출해내고, 한국에 마약을 유통시키려고 한 일본 극동회 소속 조직원인 노부유키를 처리하기도 했으니까.

사실상 경호비라기보다 수당이라고 볼 수 있었다.

그리고 요모기 쿠레하도 현성에게 감사를 표하며 보상을 하려고 했지만 거절했다.

다만, 현성에게 빚을 하나 진 형태로 끝냈다.

그렇게 수당금을 받은 현성은 가족들에게 줄 선물을 고르기 위해 시내를 돌아다녔다.

"어머니, 아버지. 이거 받으세요."

저녁 식사를 마치고 온 가족이 거실에서 텔레비전을 보고 있을 때, 현성은 부모님들에게 붉은색과 푸른색으로 포장된 선물 박스를 내밀었다.

"이거 뭐니?"

어머니는 의아한 표정을 지었다

박스는 한눈에 봐도 선물임에 분명해 보였다.

지금까지 현성에게 무엇 하나 받아본 기억이 없던 어머니로서는 신선한 기분이었다.

"뜯어보세요."

그런 어머니를 향해 현성은 웃으며 말했다.

그리고 분홍색으로 예쁘게 포장된 마지막 선물 박스를 현아에게 건네줬다.

그러자 현아는 불신의 눈으로 현성을 바라봤다.

"오빠 이게 뭐야? 설마 진짜 선물?"

"그래, 선물이다."

"헐……."

현아는 믿기지 않는 표정을 지었다.

현성이 가족들에게 선물을 주리라고는 생각지도 못한 일이었기 때문이다.

하지만 이내 현아는 의문점이 들었다.

"그런데 오빠가 무슨 돈이 있다고 선물을 사와?"

"아르바이트 좀 했다."

"아르바이트? 오빠가?"

현아는 놀란 눈으로 현성을 바라봤다.

현성이 아르바이트를 하고 있었다는 사실이 믿기지 않던 것이다.

불과 몇 달 전까지만 해도 자살 소동을 일으키면서 집안을 힘들게 만들지 않았던가?

그런 자신의 오빠가 아르바이트를 하고 선물까지 사주다니?

"언제부터 아르바이트를 시작한 거야?"

"방학하기 전부터 시작했지."

현성은 현아의 질문에 피식 웃으며 대답했다.

눈을 동그랗게 뜨고 자신을 바라보는 현아의 모습이 귀여워 보였던 것이다.

그리고 현아는 현아대로 현성을 신기한 눈으로 바라보고 있었다.

자살을 시도하기 전의 현성이었다면 가족들에게 선물을 사주겠다는 발상 자체를 하지 않았을 터.

확실히 자살 소동을 일으키고 죽다 살아난 자신의 오빠가 조금 변했다는 사실은 어느 정도 느끼고 있었다.

하지만…….

'지금의 오빠가 좋아……. 앗!'

순간적으로 든 생각에 현아는 얼굴이 화끈거렸다. 그러자 현성이 걱정스러운 어투로 물었다.

"현아야, 얼굴이 좀 붉어진 거 같은데? 괜찮아?"

"아, 아무것도 아니야!"

현성의 말에 화들짝 놀란 현아는 고개를 돌려 버렸다.

'바보 오빠, 흥!'

현성 앞에서 고개를 돌리고 있던 현아는 불현듯 옛날 생각이 났다.

어렸을 적에도 이런 식으로 현성과 티격태격했던 기억이 났던 것이다.

'그러고 보니 예전의 오빠로 돌아온 것일지도…….'

현아는 다시 고개를 돌려 물끄러미 현성을 바라봤다. 의아한 얼굴로 자신을 바라보는 현성의 모습이 보였다.

그 모습에서 현아는 옛날 어렸을 적 항상 자신을 바라보던 현성의 모습을 떠올렸다.

그 어린 시절의 현성은 자살을 시도하려고 하던 때와는 달랐다. 오히려 지금의 현성이 본 모습이고, 자살을 시도하려고 했던 때의 현성이 거짓처럼 느껴졌다.

현아는 작은 미소를 지으며 입을 열었다.

"뭐, 어쨌든 선물은 고맙게 받을 게, 오빠."

"그래,"

현성은 웃으며 대답했다.

"어머 이게 뭐야."

그리고 그때 옆에서 제일 먼저 선물을 뜯어본 어머니의 입에서 감탄사가 흘러나왔다.

현성은 현아에게서 눈을 떼고 어머니를 바라봤다.

"그냥 별거 아닌 가방이에요."

여자들이 선물 받기 원하는 물건은 과연 무엇이 있을까?

현성은 핸드백이라고 생각했다.

마치 남자들에게 자동차가 있듯이 여자들에게는 핸드백이라고 말이다.

"이거 비싼 거 아니니?"

어딘가 고급스러워 보이는 핸드백의 모습에 어머니는 부담되는 표정을 지었다.

그러자 현성은 손사래를 치며 말했다.

"아니에요. 얼마 안 해요."

사실 진짜 마음 같아서는 수십만 원이 넘어가는 고급 명품 가방을 사주고 싶었다.

용 사장에게 받은 액수를 생각하면 충분하고도 남지 않는가?

하지만 그랬다간 의심을 받을 수 있었다.

아무리 어머니가 시장에서 채소 장사를 하고 계시지만 여자인 이상 핸드백에 대해 모르고 있을 리 없었다.

혹은 행여나 어머니 친구 분이 알아차릴 수도 있었다.

그래서 현성은 적당히 10만 원 대에서 타협을 봤다.

현재 자신이 미성년자인 이상 고가의 물품을 사드리기에는 무리가 있었으니까.

"이게 뭐냐?"

그때 아버지가 무슨 가전제품 같은 걸 손에 들고 질문했다.

"아, 그거 가정용 혈압기예요. 아버지 고혈압 있으시잖아요."

"가정용 혈압기?"

"아, 여보. 제가 전에 말했잖아요. 당신 혈압이 안 좋으니까 가정용 혈압기 하나 장만하자고요."

그렇지 않아도 어머니는 아버지를 위해서 가정용 혈압기를 하나 사려고 했었다.

그런데 오늘 공교롭게도 현성이 선물로 사들고 온 것이다.

"정말 잘 됐네요, 당신."

어머니는 기쁜 듯이 말했다.

그동안 새벽마다 농수산물 도매 시장에 가서 물건을 해오고 장사를 해오는 아버지의 건강을 걱정하고 있었다.

거기다 현성이 사온 가정용 혈압기는 당뇨 측정도 가능한 최신식 고급 제품.

현성이 사온 가정용 혈압기 덕분에 가족들의 고혈압 걱정을 한시름 덜어놓을 수 있게 되었다.

"험험. 잘 받으마."

아버지는 겸연쩍은 듯이 헛기침을 하며 말했다. 현성이 선물을 주자 별다른 내색은 하지 않았지만 내심 기분이 좋았다.

오늘 하루 동안 장사를 하면서 쌓였던 피로가 풀리는 듯했다.

그때 옆에서 현아의 목소리가 들려왔다.

"오빠, 이거 코트야?"

어느새 현아가 현성에게 받은 선물 상자의 내용물을 꺼내들고 있었다. 선물 상자 안에서 나온 물건은 예쁜 핑크색 코트였다. 날씨가 점점 추워져 가고 있었기 때문에 현성은 따뜻한 코트 하나를 선물한 것이다.

"예쁘다……."

현아는 눈을 반짝이며 핑크색 코트를 바라봤다. 코트의 색깔과 디자인이 참 마음에 들었다.

"정말 고맙구나."

어머니는 가족들에게 선물을 준 현성을 정말 기쁜 표정으로 바라봤다.

단순히 선물을 받았기 때문이 아니다.

불과 얼마 전까지만 해도 자살을 시도하고 가족들의 속을 썩이던 아들이 이제는 열심히 살려고 한다는 사실에 감동을 받았던 것이다.

"뭘요."

기뻐하는 가족들을 바라보면서 현성은 앞으로도 잘해야겠다고 마음먹었다.

*　　　　*　　　　*

하얀 눈이 내리고 있는 어두운 밤.

가로등 불빛이 드문드문 있고 하얀 눈이 쌓여가고 있는 골목길에 20대 후반으로 보이는 한 여인이 길을 걷고 있었다.

뚜벅뚜벅.

"……?"

회사에서 야근을 하고 돌아가던 여인은 자신의 등 뒤에서 발자국 소리를 들었다.

아무도 없는 골목길에서 불안감을 느낀 그녀는 발걸음을 빨리했다.

그러자 발자국 소리도 빨라지면서 점점 더 자신에게로 다가오는 게 아닌가?

여인은 겁에 질린 눈으로 고개를 뒤로 돌렸다.

"감이 좋은 여자로군."

여인의 등 뒤에는 한 사내가 서 있었다. 그는 가로등 불빛 너머의 어둠 속에서 여인을 바라보고 있었다.

"누, 누구세요?"

여인은 본능적인 공포를 느끼며 겨우 질문했다.

"나 말인가?"

여인의 질문에 사내는 한걸음 앞으로 걸었다. 그러자 가로등 불빛 아래에 사내의 모습이 드러났다.

머리에는 중절모를 쓰고 얼굴에는 나비 모양의 붉은색 눈가면을 쓴 회색 코트의 사내.

그는 여인을 향해 상큼한 미소를 던지며 말했다.

"지나가던 신사다."

"꺄아아악! 변태다!"

사내의 모습을 확인한 여인은 새된 비명을 지른 후 몸을 돌리더니 도망을 치려고 했다.

"뭐라고? 감히 나 같은 신사를 변태라고 매도하다니 용서할 수가 없군."

사내는 얼굴을 찌푸리더니 오른손을 앞으로 내밀었다.

"마나 윕(Mana Whip)!"

어느 순간 사내의 오른손에서 빛이 모여드는가 싶더니 채찍의 형태가 만들어졌다.

하지만 필사적으로 도망을 치는 여인은 미처 그 모습을 보지 못했다.

휘이익!

이윽고 사내가 생성해낸 채찍이 차가운 겨울 공기를 가르며 여인에게로 쇄도했다.

촤아악!

"꺄악!"

채찍은 여인의 오른쪽 발목을 휘감았다. 그 덕분에 여인은 골목길 바닥을 몇 바퀴 구르고 말았다.

"나에게서 도망치겠다는 생각은 버리는 게 좋을 거다."

촤악! 촤악!

사내는 여인의 앞에서 위협적으로 채찍을 땅바닥에 내려쳤다. 그리고 기분 나쁜 미소를 입가에 지었다.

"나를 매도한 죄로 하얀 눈밭에 너의 피로 새빨간 꽃밭을 만들어주지."

그 직후, 사내의 희열에 들뜬 웃음소리와 함께 채찍 소리가 들여오더니 이내 여인의 비명 소리가 골목길에서 울려 퍼지기 시작했다.

다음 날.

하얀 눈이 쌓여 있는 골목길 위에 새빨간 피가 수놓아져 있었으며, 그 옆에는 피투성이가 된 여자가 발견되어 일대 혼란이 생겼다.

*   *   *

"드디어로군."

노부유키가 체포되고 일주일이 된 날.

인천 역사 유물 박물관으로부터 연락이 왔다. 다음날에 관장실에서 보자는 내용이었다.

그리고 오늘 현성은 서진철 관장을 만나러 가기 위해 집을 나서고 있었다.

'과연 서진철 관장은 어떻게 나올까?'

분명 자신과 혼죠 슈이치에 대한 연관관계를 밝히려 들 것이다. 어쩌면 박물관에서 미리 함정을 파놓고 기다릴 수도 있었다.

서유나를 만난 날 이후 일주일 만에 박물관으로 자신을 부른 것이니 말이다.

'어찌되었든 지금은 직접 맞부딪쳐 보는 수밖에 없겠지.'

그렇게 생각을 하며 현성은 박물관으로 향했다.

제 3 장
서진철 관장의 함정

"어서 오게."

인천 역사 유물 박물관의 관장실.

서진철 관장은 평소와 다름없는 표정으로 현성을 맞았다.

현성의 기우는 불발에 그쳤다.

박물관에 도착하고 경계를 하면서 주위를 살폈지만 어디에도 함정 같은 건 없었던 것이다.

"안녕하십니까?"

현성은 눈앞에 있는 서진철 관장에게 인사를 건넸다.

"그래, 그동안 잘 쉬었나?"

"예."

이제 본격적으로 서진철 관장이 질문을 해올 터.

현성은 슈이치에 대한 건 모르쇠로 일관할 작정이었다.

"이야기를 들어보니 정말 큰일이었더군. 인천에 마약 판매와 엔화 위조지폐를 찍어내려고 했던 야쿠자들을 잡았다면서?"

"예. 그때의 일은 정말 감사드립니다. 덕분에 경찰들에게 잡히지 않고 노부유키를 잡을 수 있었으니까요."

현성은 우선 서진철 관장에게 감사의 말을 전했다.

노부유키가 경찰 간부와 짜고 자신을 비롯한 후광파와 요모기 연합의 조직원들을 체포하려고 했을 때는 뾰족한 해결 수단이 없었다.

아무리 자신이 마법사라고는 해도 이제 고작 4서클 마스터였으며, 국가의 공권력에 맞설 수 있는 힘이 없었으니 말이다.

그런데 그때 인천 역사 유물 박물관의 도움 덕분에 무사히 노부유키를 체포할 수 있었다.

"뭘 그 정도 갖고……. 이번에 정말 큰일을 했어. 자네 덕분에 우리도 일을 무사히 끝마칠 수 있었으니까 말이야."

"일……?"

현성의 반문에 서진철 관장은 씩 웃었다.

"자세한 건 아직 몰라도 되네. 중요한 건 자네 덕분에 우리들이 도움을 받았다는 사실이지."

"그렇습니까?"

현성은 고개를 끄덕이며 대답했다.

지난번 사건을 해결하면서 마법 협회 한국 지부가 도움을 받게 되었다는 사실은 처음 듣는 말이었다.

'설마 혼죠 슈이치를 쓰러뜨린 것을 말하는 걸까?'

현성은 속으로 쓴웃음을 지었다.

확실히 노부유키가 계획한 마약 판매와 위조지폐 사건은 사회적으로 혼란을 일으킬 수 있었다.

박물관이라고 해도 그 영향에서 벗어날 수는 없었다. 그래 봤자 그리 큰 영향은 받지 않을 테지만 말이다.

가장 중요한 일은 마약 판매와 위조지폐 사건 뒤에 마법 협회 일본 지부의 인물이 있었다는 사실이었다.

그리고 이미 서진철 관장은 자신이 혼죠 슈이치를 쓰러뜨렸다고 생각하고 있는 모양이었다.

하지만 그런 내색을 비치지 않고 현성은 아무렇지도 않은 표정으로 입을 열었다.

"도움이 되었다니 기쁘군요."

현성은 일단 시미치를 뗐다.

이후 서진철 관장이 어떻게 나오느냐가 관건이었다.

"그런가? 그렇게 말해주니 나로서도 기쁘군. 일주일간 휴가를 준 보람이 있어."

"네? 휴가라니요?"

"유나가 말하지 않던가? 자네에게 일주일간 휴가를 주었다고 말이야."

현성은 유나와 만났을 때를 떠올렸다. 하지만 그 어디에도 휴가를 준다는 말은 없었다.

다만, 당분간 대기를 하고 있으라는 말만 들었을 뿐.

'과연, 그렇군. 이런 능구렁이 같으니.'

서진철 관장의 말에 현성은 속으로 피식 웃음을 흘렸다.

그 냉혈녀가 휴가를 대기로 착각하는 사소한 실수를 할 리가 없었다.

현성은 거의 매일 박물관을 다니며 마법 수련을 했다.

그런데 당분간 대기하고 있으라는 서유나의 말은 무엇을 의미하는 것일까.

자신과 혼죠 슈이치 간에 있었던 일을 의심하고 있다는 소리가 아닌가?

애초에 서유나는 대기하라는 말밖에 없었다. 즉, 무기한이라는 소리였다.

그런데 지금 눈앞에 있는 서진철 관장은 일부러 일주일이라는 기간을 입에 담았으며 휴가를 주었다고 말하고 있는 것이다.

'혼죠 슈이치에 대해서 이제 더 이상 추궁을 하지 않겠다는 건가?'

현성은 물끄러미 서진철 관장을 바라봤다.

입은 웃고 있지만 눈은 웃고 있지 않았다.

'무슨 다른 꿍꿍이속이 있나 보군.'

분명 그 때문에 현성과 혼죠 슈이치에 대한 일을 불문에 붙이려고 하는 것이리라.

그리고 현성의 예상은 정확했다.

"그래서 말인데 한 가지 부탁을 해도 될까?"

"무슨 부탁 말입니까?"

"최근 일어나고 있는 살인 사건에 대해 알고 있나?"

서진철 관장의 말에 현성의 표정이 진지해졌다.

"인천을 떠들썩하게 만들고 있는 피투성이 살인마 사건 말이군요."

"흠. 알고 있었군. 맞네."

최근 뉴스에서 흉흉한 사건이 발생하고 있다는 보도 내용이 연일 흘러나오고 있었다.

추운 한겨울에 반라가 되도록 채찍질을 해서 온몸이 피투성이가 되어 끔찍하게 살해하는 엽기적인 살인 사건.

피해자는 전원 여성들이었으며 학생들이었다. 대부분 대학생들이긴 했으나, 그중에는 여고생이나 여중생도 있었다.

그 때문에 경찰들이 혈안이 되어 수사를 하고 있었지만 범인은 여전히 오리무중이었다.

"지금 그 사건을 일으키고 있는 범인을 자네가 잡아주지 않겠나?"

"제가 말입니까?"

"그래. 자네도 이제 1클래스 마법을 마스터했으니 임무를 수행해도 될 것 같아서 말이야."

"임무… 입니까?"

현성은 속으로 쓴웃음을 지었다.

아무래도 서진철 관장은 벌써부터 자신에게 임무를 내려서 부려먹을 생각인 모양이었다.

"하지만 의외로군요. 인천 역사 유물 박물관에서 범죄자 체포 같은 일을 할 줄은 몰랐습니다."

"필요하다고 판단되면 하고 있지. 히로세 노부유키를 체포하도록 손을 쓴 일도 마찬가지라네. 인천에 마약이나 위조지폐가 다량으로 풀려 나오면 우리 체면이 말이 아니게 되거든."

"인천에서 벌어지고 있는 엽기 살인 사건도 말입니까?"

"그렇네. 이해가 빨라서 좋군."

서진철 관장은 만족스러운 미소를 지어 보였다.

"그리고 사실 지금 마법 협회 내부에서 자네에 대한 승급 심사가 이루어지고 있는 중이네. 최단 기간에 1클래스를 마스터하고, 인천에서 발생할 뻔한 국제범죄를 사전에 방지한 덕분에 자네에 대한 평가가 올라가 있는 상태지. 여기에 엽기 살인마까지 잡아준다면 자네한테 득이 되었으면 되었지 실은 없을 걸세."

"하지만 이런 사건은 경찰에서 해야 할 일 아닙니까?"

그 말에 순간 서진철 관장의 얼굴이 어두워졌다.

"그래. 자네 말이 맞아. 본래대로라면 경찰이 해야 할 일이지. 하지만……."

서진철 관장은 현성을 지그시 바라봤다.

"엽기 살인마의 정체가 마법사라고 한다면 어떨까?"

"마법사?!"

현성은 살짝 놀란 눈으로 서진철 관장을 바라봤다.

설마 엽기 살인마의 정체가 마법사였다니?

'이드레시안 차원계와 다를 바가 없단 말인가?'

현성은 속으로 씁쓸한 미소를 지었다.

마법사라고 해도 어차피 인간이었다. 그들 중에 범죄자가 있다고 해도 이상할 것은 없었다.

실제로 이드레시안 차원계에서도 범죄의 길로 빠진 마법사들이 있었으니 말이다. 그들 대부분은 흑마법에 손을 대었고 결국 현성에 의해 응징 당했다.

"범인이 마법사라면 경찰들로는 잡기가 힘들겠군요."

"그렇지. 아무리 경찰이라고 해도 마법의 힘을 가진 인간을 잡는 건 여간 힘든 일이 아니야. 하물며 상대는 정진우라고 하는 마법사네. 성격이 아주 고약한 놈이지."

그 말에 현성은 의아한 표정을 지었다.

"범인이 누군지 알고 있습니까?"

"……."

서진철 관장은 잠시 뜸을 들였다.

그리고 이내 믿기지 않는 말을 내뱉었다.

"그렇네. 그놈은 우리 한국 지부의 마법사야. 자네의 선배 격이 될 뻔한 인물이기도 하지."

"……?!"

순간 현성은 놀란 표정을 지었다.

엽기 살인마의 정체가 마법사라는 사실도 놀라운데, 마법 협회 한국 지부 소속의 마법사였다니?

"하지만 지금은 아니니 걱정 말게. 이전부터 그놈의 성격 이 문제였거든. 결국 몇 년 전 사고를 친 그놈은 마법 협회에 서 제명되고 지금까지 특별수용소에 감금되어 있었지."

"특별수용소?"

"마법으로 범죄를 일으킨 자들을 가둬 놓은 교도소 같은 곳이라네."

"그런 곳도 있습니까?"

"마법사들도 인간이니 말이야. 마법을 범죄에 악용하는 자 들이 꼭 나타나더군. 그래서 어쩔 수 없이 특별수용소를 만들 수밖에 없었지."

"그렇군요."

"그런데 얼마 전 특별수용소에서 탈출했다는 연락이 왔 네."

"얼마 전이라면……?"

"그래. 한창 인천에서 노부유키 때문에 바쁘던 때였지."

그리고 마법 협회 한국 지부에서는 한국에서 발견된 아티팩트를 회수하느라 정신이 없던 때였기도 했다.

"아무래도 우리들이 정신이 없던 때를 노려 탈출을 한 모양이야."

"그럼 그자의 실력은 어느 정도 됩니까?"

현성은 서진철 관장에게 중요한 정보를 물었다. 그 질문에 서진철 관장은 고개를 끄덕이며 대답했다.

"정진우는 1클래스 유저 마법사라네. 당시에는 자네처럼 가지고 있는 마력이 높은 편이라 기대받던 신인이었지. 그런데 그놈의 성격이 화가 돼서 결국 특별수용소에 갇히는 신세가 되었지만 말이야."

"그렇군요."

현성은 생각에 잠겼다.

1클래스 마스터한 자신이라면 1클래스 유저인 정진우를 잡는데 서진철 관장은 충분하다고 생각하는 모양이었다.

'하지만 정말 1클래스 유저일까?'

범죄를 저지른 마법사 전용 특별수용소에서 탈출할 정도면 꽤 실력이 있다고 생각하는 편이 타당했다.

그런데 1클래스 유저라…….

그렇게 현성이 생각에 잠겨 있을 때, 서진철 관장이 넌지시

다시 한 번을 제안을 해왔다.

"어떤가? 이번 일 받아주지 않겠나?"

"만약 거절한다면 어떻게 하실 생각 입니까?"

"물론 그럴 리가 없다고 생각하지만, 만약 자네가 거절한다면 요모기 연합이 입국했을 때부터 노부유키를 체포하기까지 무슨 일이 있었는지 자세하게 이야기를 듣고 싶어질 것 같군."

서진철 관장은 현성을 향해 씩 웃으며 말했다.

'흥, 능구렁이가 따로 없군.'

"알겠습니다."

결국 현성은 서진철 관장의 말을 들어주기로 결정을 내렸다.

혼죠 슈이치에 대한 일도 있긴 했지만, 현재 일어나고 있는 엽기 살인 사건을 그냥 두고 볼 수 없었기 때문이다.

그리고 무엇보다 살인 사건이 발생하고 있는 장소가 문제였다.

'내가 살고 있는 동네와 가깝다.'

매일 밤마다 발생하고 있는 살인 사건 장소가 점점 현성이 살고 있는 동네 쪽으로 가까워지고 있었다.

그 말은 언젠가 현성이 살고 있는 동네에서도 살인 사건이 발생할 수 있다는 소리.

'우리 집 근처에서 살인 사건이 일어나도록 놔둘 수는 없

는 일이지.'

엽기 살인 사건의 피해자들은 대부분 여성들이었으며 학생들이었다.

그 때문에 너무 지나친 걱정일 수도 있겠지만 현아가 범인의 표적이 될 가능성이 있었다.

피해자들 중에서 여자 중학생들도 제법 있었으니 말이다.

그리고…….

'생명을 경시하는 놈을 용서할 수 없지.'

이드레시안 차원계에서 현성은 말년이 다 되어서 생명의 소중함에 대해 깨달았다.

그 후 신분이나 종족의 차별 없이 베푸는 삶을 살았다.

그것은 현성에게 있어서 하나의 속죄였다.

이드레시안 차원계에서 젊은 시절을 전쟁터와 함께 보내며 수많은 생명들을 자신들의 손으로 끊어왔으니까.

그 때문에 얼마나 많은 생명들이 사라졌던가.

비록 그들이 적이긴 했지만 소중한 생명들을 수도 없이 죽였다는 사실은 변함이 없었다.

그 당시의 현성은 주변에 있는 자신의 사람들을 지키기에도 급급했으니까 말이다.

그렇게 전쟁이 끝나고 세계에 평화가 돌아왔을 무렵, 현성은 어느 날 홀로 대자연의 숲 속을 거닐었다.

그리고 숲 속에서 일어나고 있는 일들을 지켜봤다.

나무에서 열매가 맺어지고, 동물들이 새끼들을 키우고 있는 모습들을.

　그것들을 바라보며 현성은 숲 속에 있는 모든 생명들이 모두 하나라는 사실을 깨달았다.

　숲이라는 작은 세상 안에 나무도, 열매도, 동물도, 식물도, 그리고 숲 속에 있는 자신도 모두 마나로 이어져 있는 하나의 생명체라는 사실을 깨달은 것이다.

　그 순간 현성은 8클래스를 마스터했다.

　'기적과도 같은 순간이었지.'

　지금도 현성은 그때의 순간을 잊을 수 없었다.

　8클래스를 마스터했다는 기쁨과 살아 있다는 기쁨.

　모두가 하나라는 기쁨.

　그러한 사실들을 깨달았기에 현성은 대륙을 여행하면서 어려운 사람들을 도와주고 베푸는 삶을 살기 시작했다.

　그리고 용서할 수 없었다.

　생명을 경시하는 자들을 말이다.

　"그럼 자네만 믿고 있도록 하지."

　"예."

　그렇게 현성은 시진철 관장의 임무를 수행하기로 마음먹은 현성은 관장실을 나섰다.

　그리고 현성이 관장실 문을 열고 나가는 순간, 서진철 관장은 의미심장한 미소를 지었다.

＊　　＊　　＊

어두운 밤.

현성은 인적이 없는 공원을 거닐고 있었다.

서진철 관장의 의뢰를 받아들인 후, 피투성이 살인마라고 불리는 정진우가 숨어 있는 대략적인 장소를 이 대리로부터 들었다.

정진우가 몸을 숨기고 있는 장소는 현성이 살고 있는 계양 동에서 멀지 않은 서운 체육공원 일대.

그 정보를 들은 현성은 매일 밤마다 잠복하고 있었다.

정진우가 모습을 드러낼 때까지.

'오늘로써 이틀째로군.'

첫날은 보기 좋게 허탕을 쳤다.

그리고 이틀째인 오늘 현성은 반드시 정진우를 잡을 생각 이었다. 가족들에게 친구 집에서 자고 온다고 이야기를 했는 데 몇 날 며칠을 똑같은 이유로 밤에 집을 나갈 수는 없지 않 은가?

'오늘만큼은 꼭 잡는다.'

그렇게 마음을 다 잡은 현성은 공원 근처에 있는 길목을 돌 며 정진우를 찾기 시작했다.

그 무렵, 피투성이 살인마 정진우는 공원 근처의 한 길목에서 20대 초반으로 보이는 여대생의 뒤를 쫓고 있었다.

"흐흐흐. 어딜 도망치려고."

정진우는 바람 마법으로 형성한 채찍을 휘둘렀다.

촤악!

"꺄아악!"

채찍은 정확하게 여인의 등을 맞췄다.

여인은 공포와 통증으로 다리에 힘이 풀려 주저앉았다.

"내 손아귀에서 도망칠 생각은 하지 않는 게 좋을 거야."

촤악! 촤악!

정진우는 비릿한 미소를 지으며 땅바닥에 채찍질을 가했다.

"히익!"

그것을 본 여대생은 겁에 질린 눈으로 정진우를 바라봤다.

분명 정진우 손에는 아무것도 들려 있지 않았다.

하지만 여대생의 귓가에는 생생하게 채찍질을 하고 있는 소리가 들려왔으며, 풍압을 느낄 수 있었다.

마치 투명한 채찍을 들고 있는 것 같았다.

"그럼……"

정진우는 여대생에게 채찍질을 하기 위해 손을 들어 올렸다.

바로 그때.

"거기까지다."

정진우의 등 뒤에서 아직 앳되어 보이는 목소리가 들려왔다.

정진우는 목소리가 들려온 쪽으로 고개를 돌렸다.

그곳에 아직 스무 살도 되어 보이지 않는 고등학생 한 명이 서 있었다.

다름 아닌 현성이었다.

현성은 눈앞에 있는 30대 초반의 사내를 바라봤다.

머리에는 중절모를, 얼굴에는 붉은색 눈 가면을 쓰고 있었다.

바로 그가 최강, 최악의 마법 협회 한국 지부 소속 마법사, 정진우였다.

"과연. 성격이 문제라고 하더니 변태였군."

정진우를 확인한 현성은 피식 웃음을 흘렸다.

붉은색 눈 가면을 쓰고 여성에게 채찍질을 하고 있는 정진우의 모습이 변태가 아니라면 과연 무엇이라고 표현할 수 있을까?

"칫! 넌 뭐하는 애새끼냐!"

정진우는 현성이 나타나자 바람으로 이루어진 보이지 않는 채찍을 휘둘렀다.

쉬이익!

바람의 채찍이 어둠을 가르며 뱀처럼 현성을 향해 쇄도해 왔다. 그에 대한 현성의 대응은 간단했다.

단지 오른손을 내밀며 조금 전부터 준비 중이던 마법을 시전했을 뿐이니까.

'디스펠.'

파앗!

"헛!"

정진우는 눈을 부릅떴다.

자신이 날린 보이지 않는 바람의 채찍을 현성이 손으로 막은 것도 놀라운데, 현성의 오른손에 채찍이 닿자마자 흔적도 없이 사라져 버린 것이다.

그렇다면 자신의 눈앞에 소년은……

"네, 네놈은 설마!"

"인천 역사 유물 박물관에서 왔다. 순순히 잡히시지."

"이런 망할!"

현성의 한마디에 정진우는 모든 상황을 파악했다. 한국 지부에서 자신을 잡으러 자객을 보냈다는 사실을 깨달은 것이다.

"내가 간단히 잡힐 것 같으냐!"

박물관이 자신을 노리고 있다고 판단한 정진우는 심플한 결과를 내놓았다.

조금 전 눈앞에 있는 소년은 자신이 만들어낸 마법 채찍을 간단하게 해제시켰다. 그리고 다른 마법사가 주변에 숨어 있을지도 몰랐다.

그렇다면 지금은 도망치는 게 상책이었다.

정진우는 몸을 돌려 줄행랑을 치기 시작했다.

"도망칠 셈인가."

현성은 피식 웃었다.

자신의 눈에 띈 이상 도망치는 것은 불가능했으니까.

"이제 괜찮으니까 집에 가세요."

현성은 바닥에 앉아서 멍한 눈을 하고 있는 여대생에게 말을 건넸다. 그러자 공포와 두려움에 질려 있던 여대생의 눈에서 생기가 돌아왔다.

"가, 감사합니다!"

현성은 여대생의 감사 인사를 뒤로 하고 정진우가 사라진 방향을 바라봤다.

"그럼……."

현성은 다시 정진우를 쫓기 시작했다.

정진우는 이미 멀리 도망친 후였다. 현성의 시야에도 보이지 않았다. 하지만 현성은 여유가 넘쳤다.

'어디로 도망을 치든 이미 내 손바닥 위니까.'

천천히 뛰던 현성은 여대생의 시야 보이지 않는 곳에 다다르자 폭발적으로 속도를 올렸다.

'레이포스 활성화! 트리플 맥시멈 헤이스트!!'

현성은 레이포스로 신체능력을 활성화시키고, 속도 보조 마법을 걸었다. 그러자 현성은 어둠을 가르는 한줄기 빛처럼 거리를 질주했다.

정진우와는 상당히 거리차가 있었지만, 얼마 지나지 않아 눈앞에서 열심히 땀을 뻘뻘 흘리며 도망가고 있는 그를 발견할 수 있었다.

"겨우 이 정도밖에 도망을 치지 못한 건가? 실망스럽군."

"뭐, 뭣?!"

정진우는 자신의 바로 등 뒤에서 웃고 있는 현성을 확인하고 숨이 넘어갈 듯한 표정을 지었다.

"어, 어느 틈에……."

불과 조금 전까지만 해도 보이지 않던 현성이 자신의 뒤를 바짝 쫓아오고 있자 믿을 수 없는 표정을 지었다.

'마, 말도 안 돼! 나는 헤이스트 마법까지 쓰고 있다고!'

정진우는 바람 속성 전문 마법사였다. 거기다 보조 계열 마법도 익히고 있었다.

서진철 관장이 기대를 하고 있던 신인이라고 한 만큼 마법 쪽으로 자질이 있었던 것이다.

그 덕분에 다른 마법사들은 대부분 한 가지 계열을 배우는 반면에 정진우는 바람 계열과 보조 계열 마법을 익혔다.

마법 협회 마법사들 중에서 정진우처럼 여러 속성 마법을 쓸 수 있는 마법사들은 손에 꼽을 정도일 것이다.

그런데 헤이스트 마법을 쓰고 있는 자신을 눈 깜짝할 사이에 쫓아오다니!

어디 그뿐인가?

'나보다 더 빠르다!'

그 사실을 안 순간 정진우는 회심의 미소를 지었다. 현성의 약점을 발견했다고 생각한 것이다.

그렇게 착각에 빠진 정진우는 근처에 인적이 없는 공원으로 향했다. 그리고 공원 한복판에 도착한 후 자리에서 멈췄다.

"뭐지? 도주를 포기한 건가?"

"훗."

현성의 질문에 정진우는 비릿한 미소를 지었다.

"보조 계열 마법사 주제에 겁이 없구나!

정진우는 확신하고 있었다.

자신보다 더 월등한 헤이스트 마법을 쓴다는 소리는 눈앞에 있는 소년이 보조 계열 마법사라는 사실을 뒷받침하고 있었기 때문이다.

'보조 계열 마법사 따위에게 내가 질 리 없지!'

정진우는 현성을 비릿한 미소로 바라봤다.

지금까지 도망치면서 주변을 확인한 결과 한국 지부의 마법사들의 기척은 느껴지지 않았다.

그 말은 곧 자신을 쫓고 있는 마법사는 눈앞에 있는 소년밖에 없다는 소리였다.

그리고 자신은 한때 천재 소리를 들었던 바람 계열 전문 전투 마법사!

싸워보지 않아도 승패는 이미 결정되어 있었다.

"아닌데."

하지만 현성은 정진우의 말을 즉각 부정했다.

"뭐?"

그러자 정진우는 어리둥절한 표정을 지었다가 이내 붉어진 얼굴로 소리쳤다.

"거짓말 하지 마라! 이 보조 마법밖에 쓰지 못하는 비전투 마법사 주제에!"

정진우는 현성을 향해 공격 마법을 시전했다.

"윈드 커터!"

정진우의 손에서 바람의 칼날이 생성되어 현성을 향해 날아왔다.

쇄애액!

바람의 칼날은 총 세 개.

그것을 본 현성은 피식 웃음을 흘렸다.

'헤이스트에 윈드 커터라…….'

현성은 정진우가 도주하면서 헤이스트 마법을 썼다는 사실을 이미 눈치채고 있었다.

그리고 조금 전 정진우가 시전한 윈드 커터까지 둘 다 모두

2클래스 계열 마법이었다.

하지만 현성은 놀라지 않았다.

이미 정진우가 3클래스 유저 마법사라는 사실을 알고 있었으니까.

현성은 정진우를 처음 만났을 때 4클래스 마법 뷰 마나 포스로 마나서클을 조사했다.

그리고 그의 하단전에 2개의 완성된 마나서클과 아직 미완성된 마나서클 하나가 있다는 사실을 알아 낼 수 있었다.

그 말은 곧 정진우가 3클래스 유저 마법사라는 소리였다.

'역시 서진철 관장. 능구렁이가 따로 없군.'

현성은 헛웃음을 흘리며, 어둠 속에서 공기를 가르며 자신에게 다가오는 바람의 칼날을 향해 손을 휘둘렀다.

"파이어 버스터."

콰아앙!

"뭐, 뭐라고……?"

현성과 정진우의 사이에서 화려한 불꽃들이 회오리 춤을 추며 치솟아 올랐다.

그리고 폭발에 휘말린 바람의 칼날들은 자연스럽게 소멸해 버렸다.

"이, 이건 화염 계열 마법… 보조 계열 마법사가 아니었던가. 그리고 파이어 버스터라니……."

정진우가 제대로 기억하고 있다면 파이어 버스터는 화염

계 3클래스 마법이었다.

"넌 바보인가? 내가 조금 앞에 네놈이 만들어낸 바람의 채찍을 소멸시키는 걸 보고도 싸움을 걸어오다니… 뭐, 덕분에 쓸데없는 수고를 하지 않게 되어서 다행이지만 말이야."

"아…….."

그제야 정진우는 자신의 실수를 깨달은 표정을 지었다.

하지만 이미 쏟아진 물이었다.

"제, 젠장! 넌 대체 누구냐?"

"이미 말했을 텐데. 나는 인천 역사 유물 박물관에서 왔다고."

현성은 피식 웃으며 말했다. 그리고 정진우를 노려봤다.

"이번에는 내 차례다."

현성은 자세를 잡았다.

지금 현성은 한국 지부로부터 마법 협회에서 지급한 검은색 코트와 장갑을 끼고 있었다.

검은색 코트에는 온갖 종류의 방어 마법과 보조 마법들이 걸려 있었으며, 조금이지만 마력증폭 기능도 있었다.

그리고 검은색 장갑은 화염 계열 마법을 증폭 시켜주는 손바닥 사이즈만 한 마법진이 손등에 새겨져 있었다.

두 가지 다 기본적인 마법 성능밖에 없는 노말급 아티팩트들이었다.

하지만 사용자에 따라서는 더욱 높은 등급의 아티팩트처

럼 작동할 수 있었다.

현성은 검은색 장갑에 마나를 주입했다.

화르륵.

그러자 검은색 장갑에서 화염이 솟구쳐 올랐다.

"파이어 애로우!"

현성은 가장 기본적인 화염 마법을 시전했다.

그러자 검은색 장갑에서 솟아오른 화염들이 흩어지더니 불화살의 형상을 이루었다.

그 숫자는 대략 서른 발 이상!

"마, 말도 안 돼!"

현성의 머리 위에 떠 있는 수많은 화염의 화살을 본 정진우는 믿을 수 없다는 표정을 지었다.

'무슨 이런 말도 안 되는 마력이……!'

그런 정진우를 무심히 바라보며 현성은 나지막한 목소리로 시동어를 말했다.

"Fire."

쉬쉭! 쉬쉬쉭!!

한 순간에 수십 발이나 되는 불화살들이 정진우를 덮쳐들었다.

"이런 빌어먹을! 윈드 쉴드!"

정진우는 다급하게 바람의 방패를 시전하며 불화살들을 막으려 했다.

하지만 손바닥으로 태양을 가릴 수 없는 법.

마치 비처럼 쏟아지는 불화살들을 막아낼 수는 없었다.

결국 현성이 시전한 불화살들은 정진우를 향해 꽂혀 들어 갔다.

쾅! 콰쾅! 콰아앙!

"크아아악!"

불화살이 폭발하는 굉음 속에서 정진우의 처절한 비명 소리가 들려왔다. 그럼에도 불구하고 현성의 불화살들은 무자비하게 정진우를 유린했다.

하지만 지금까지 정진우가 잔인하게 살해한 여성들에 비하면 새 발의 피였다.

적어도 현성은 정진우를 죽이진 않았으니까.

"으으……."

정진우는 공원 바닥에 쓰러진 채 신음성을 흘렸다.

그의 몸은 너덜너덜한 데다 검게 그을려 있었다.

그런 정진우를 향해 다가간 현성은 믿을 수 없는 행위를 했다. 3클래스 회복 마법을 정진우에게 시전한 것이다.

"힐링."

"……?!"

뜻밖의 행동에 정진우는 놀란 표정을 지었다.

현성이 치료 마법을 쓸 수 있을 줄은 생각지도 못한 것이다. 아니, 그 이전에 적이었던 자신을 치료해 주다니?

'기회다!'

생각지도 못한 현성의 행동에 정진우는 몸을 추슬렀다.

그리고 현성이 빈틈을 보이길 기다리며 반격의 칼날을 갈기 시작했다.

아무리 눈앞에 있는 소년이 강하다고 해도 자신의 최강 마법으로 기습을 한다면 적지 않은 피해를 입힐 수 있을 터.

그 와중에도 현성은 묵묵히 정진우의 몸에 힐을 걸고 있었다. 그리고 정진우의 몸이 어느 정도 회복되었다고 생각한 현성은 힐을 거두고 자리에서 일어나려고 했다.

'지금이다!'

"윈드 토네이도!"

바로 그 순간 정진우는 자신이 가지고 있는 아티팩트의 마력까지 총동원해서 마법을 시전했다.

'윈드 토네이도라고?!'

정진우의 가슴 앞에서 발생한 강력한 회오리바람을 바라보며 현성은 눈을 부릅떴다.

지금 정진우가 시전한 마법.

윈드 토네이도는 4클래스 마법이었기 때문이다!

자신의 조사에 의하면 정진우는 틀림없는 3클래스 유저 마법사! 그런데 4클래스 마법을 시전하다니?

"역시 네놈은 이렇게 나오는구나."

현성은 윈드 토네이도를 발동한 정진우를 차가운 눈으로

내려다보며 말했다.

정진우의 마법에 놀랐었지만, 이내 평상심으로 돌아온 것이다. 그리고 현성은 재빨리 뒤로 물러났다.

그러자 현성을 노리고 윈드 토네이도가 모든 것을 찢어발길 기세로 달려들었다.

절체절명의 순간!

현성은 자신을 향해 달려드는 회오리바람을 향해 손을 내밀었다.

"파이어 월."

4클래스 마법에는 4클래스 마법을.

현성은 자신을 향해 달려드는 회오리바람을 향해 4클래스 화염 방어 마법, 파이어 월을 시전했다.

제 4 장

마법 협회와의 거래

현성의 바로 앞에 생겨난 거대한 화염 장벽.

콰콰콰쾅!

화염 장벽과 회오리바람이 충돌하면서 무시무시한 소리가 울려 퍼졌다.

"크하하하핫! 아무리 네놈이 강하다고 해도 이번에는 무사하지 못할 거다!"

정진우는 현성을 이겼다는 고양감에 취한 웃음소리를 한바탕 흘리며 자신감 넘치는 목소리로 소리쳤다.

그는 윈드 토네이도가 화염 장벽을 찢어발길 거라고 믿어 의심치 않았다.

하긴, 그럴 수밖에.

정진우는 현성이 시전한 마법이 아무리 좋게 봐줘도 2클래스급 정도라고 생각했다.

거기다 자신이 가지고 있는 아티팩트가 오랜 시간 충전해온 마나까지 끌어다 썼다.

설령 소년이 죽지 않았다고 해도 심각한 부상을 입게 될 터.

잠시 후, 화염과 바람이 가라앉은 그곳에 멀쩡한 모습의 현성이 나타났다.

"……."

너무나 말도 안 되는 상황에 정진우는 할 말을 잃고 현성을 그저 바라봤다.

"역시 내 예상대로군. 네놈은 용서할 가치가 없는 인간이구나."

현성은 차가운 목소리로 말했다.

현성이 정진우를 치료한 이유는 두 가지였다.

하나는 그를 죽이지 않기 위해서.

다른 하나는…….

"지금까지 네놈에게 당한 여인들의 원한을 온몸으로 느끼게 해주지."

그렇게 말한 현성은 마법을 시전했다.

"자이언트 너클."

그러자 현성의 주위에 마나로 이루어진 거대한 주먹이 나타났다.

"이, 이건… 희귀 계열 마법?"

그것을 본 정진우는 놀란 표정을 지었다.

대부분 속성 마법은 4가지 종류가 있었다.

화염, 물, 바람, 땅 등등.

하지만 그 속성에 들지 않는 보조 계열 마법을 제외하고도 특이한 속성이라고 할 수 있는 희귀 마법이 현대에는 존재했다.

이드레시안 차원계에서 당연하다시피 존재하는 마법도, 현대에서는 특이 속성 희귀 마법인 경우가 있었다.

지금 현성이 오로지 마나로만 구현해낸 자이언트 너클이 그런 경우였다.

현대 마법이 속성 쪽으로 발전한 폐해라고 할 수 있었지만, 희귀 계열 마법사들의 경우 오히려 4대 원소 속성 마법사보다 강한 경우가 많았다.

특이 속성을 강화시켜 발전한 덕분이었다.

퍼버버벅!

마나로 이루어진 거대한 주먹이 정진우를 향해 꽂혀 들어간다. 그러자 정진우의 몸이 자이언트 너클로 구타를 당하며 점점 공중으로 떠올랐다.

"크아아악!"

정진우는 공중에서 구타를 당하며 고통스러운 표정으로 비명을 질렀다.

그리고 잠시 후 현성의 구타가 멈췄다.

털썩.

둔탁한 소리와 함께 정진우의 몸이 공원 바닥으로 곤두박질쳐 내렸다.

정진우는 공원 바닥에 쓰러진 채 미동도 하지 않았다.

단지, 가쁜 숨을 몰아쉬고 있을 뿐.

그런 그에게 다가간 현성은 치료 마법을 시전했다.

"힐링."

따스한 녹색 빛이 정진우의 몸속으로 스며든다.

"으으……."

현성의 치료 마법에 정진우는 정신을 차렸다.

"어때? 지금까지 네놈이 죽여온 여인들의 심정이 어땠을지 상상이 되나?"

"이, 어린놈의 새끼가……. 반드시 죽여 버리겠다!"

"아직 정신을 못 차렸군."

현성은 정진우의 몸을 치료한 후, 다시 자이언트 너클을 소환했다.

그리고 다시 매타작이 이어졌다.

퍼버버벅!

"크아아악!"

정진우는 다시 자이언트 너클로 유린당하기 시작했다.

현성이 정진우를 치료한 이유는 바로 이 때문이었다.

죽지 않을 정도로 두들겨 팬 다음 치료한다. 그리고 또다시 마법으로 두들겨 팬다.

현성은 이 행위를 그가 범죄를 저지르고 여인들을 살해한 횟수만큼 반복할 생각이었다.

"하아하아……."

현성에게 여러 차례 구타를 당한 정진우는 몽롱한 표정으로 공원 바닥에서 숨을 가쁘게 몰아쉬었다.

그런 정진우를 향해 현성은 차갑게 말했다.

"아직 멀었다. 지금까지 네놈이 경시해 온 생명의 무거움을 이번 기회에 뼈저리게 느껴봐라. 네놈이 해온 짓을 그대로 다시 돌려주마."

그렇게 말한 현성은 2클래스 화염 마법을 시전했다.

"파이어 윕."

화염으로 불타오르는 채찍.

쫘악!

현성은 화염 채찍을 바닥에 내려쳤다.

"아……."

그것을 본 정진우는 몸을 떨었다.

"각오는 되어 있겠지?"

꿀꺽.

정진우는 마른침을 삼켰다.

지금까지 그는 여인들을 바람의 채찍으로 유린하면서 희열과 쾌락을 맛봐왔다.

전형적인 새디스트였던 것이다.

그리고 그 누구에게도 맞아본 적도 없었다.

그런데 오늘 처음으로 현성에게 끊임없이 구타를 당했으며, 이번에는 속성은 다르지만 자신이 여인들에게 해왔던 짓을 그대로 당하게 생겼다.

그 생각만으로 정진우는 숨이 가빠왔다.

'마, 만약 이 이상 당하게 된다면······.'

정진우는 현성이 소환한 화염 채찍을 두려움 반, 그리고 기대 반으로 바라봤다.

쫙!

"아윽!"

드디어 현성의 화염 채찍이 정진우의 등을 가격했다.

생각보다 더 짜릿한 고통에 정진우는 신음을 흘렸다.

하지만 이제 시작일 뿐이었다.

쫘악! 쫘아악!

본격적으로 현성의 채찍질이 시작되었다.

"윽! 악! 크흐윽!"

뜨거움이 느껴지는 화끈한 채찍질에 정진우는 신음인지 비명인지 분간이 안 가는 소리를 내기 시작했다.

"……."

정진우의 이상한 반응에 현성은 슬며시 채찍질을 멈췄다.

그러자 정진우는 몽롱하게 풀린 눈으로 흐느적거리며 현성을 바라보는 게 아닌가?

"하아하아……. 뭐야? 설마 이걸로 끝인가? 나는 아직 만족하지 못했다. 조금 더 너의 분노를 표출해 봐라. 조금만 더 하면 꽃밭이 보일 것 같으니까."

"미친……."

촤악! 촤아악!

정신을 차리지 못하는 정진우의 말에 현성은 채찍의 강도를 높였다.

"이래도 그딴 소리가 입에서 나올까?"

"조, 좀 더!"

"……."

자신의 말이 끝나자마자 바로 이어지는 정진우의 말에 현성은 기가 막힌다는 표정을 지었다.

'뭐, 이런 미친놈이 다 있지?'

서진철 관장으로부터 성격이 문제라고 듣기는 했지만 설마 이 정도일 줄이야.

이드레시안 차원계에서 별별 이상한 놈들을 많이 보았지만, 지금 눈앞에 있는 정진우만큼 맛이 간 놈은 처음이었다.

"오냐. 어디 누가 이기나 한번 해보자."

자고로 미친놈에게는 매가 약이라는 말이 있다.

현성은 상대가 걸어온 싸움을 피하지 않았다.

잠시 후, 현성의 등 뒤로 4대 속성의 채찍이 모습을 드러냈다.

물로 이루어져 있는 채찍.

불이 타오르는 화염의 채찍.

푸른색 스파크가 번쩍이는 전격의 채찍.

투박하게 보이는 흙과 돌로 이루어진 암석의 채찍.

네 가지 각기 다른 속성의 채찍들을 살짝 풀린 눈으로 바라보며 정진우는 앞으로 벌어질 상황을 떠올리며 희열에 몸을 떨었다.

그렇게 인천을 떠들썩하게 만들었던 피투성이 살인마 정진우는 오늘 현성의 손에 의해 처음으로 새로운 세계에 눈을 뜨게 되었다.

*   *   *

"내 살다 살다 이런 미친놈은 진짜 처음이군."

현성은 혀를 내둘렀다.

지금 정진우는 현성의 발밑에 쓰러져 있었다. 불과 조금 전까지 현성은 4대 속성 채찍으로 정진우를 몰아붙였다.

그 결과 정진우는 완전히 다른 세계로 눈을 떠버리고 말았다. 그것은 지금 쓰러져 있는 정진우의 얼굴만 봐도 알 수 있었다.

온몸이 너덜너덜하게 넝마처럼 되어 있었지만, 얼굴만큼은 만족스러운 미소가 걸려 있었으니까.

결국 현성은 정진우를 포기했다. 아니, 현성이 마음만 먹는다면 언제까지든 정진우를 계속 몰아붙일 수 있었다.

하지만 현성은 손을 멈출 수밖에 없었다. 생각지 못했던 방해가 들어왔기 때문이다.

현성은 주위를 둘러보며 낮은 목소리로 말했다.

"그만 나오는 게 어떻습니까?"

파앗!

그러자 갑자기 공원 안에서 헤드라이트 불빛이 터져 나오는 게 아닌가?

어느 틈엔가 현성이 있는 공원 주변을 자동차들이 에워싸고 있었다.

짝짝짝!

그리고 헤드라이트 불빛 속에서 검은색 정장을 입고 있는 사내 한 명이 박수를 치며 나타났다.

"대단해. 정말 대단해."

박수를 치며 나타난 사람은 다름 아닌 서진철 관장이었다. 서진철 관장은 감탄스러운 얼굴로 현성을 바라봤다.

"설마 정말로 정진우를 쓰러뜨리다니."

정진우는 현성이 파악한 대로 정확히 3클래스 유저 마법사였다.

1클래스를 마스터한 현성이 절대로 쓰러뜨릴 수 있는 상대가 아니었다.

어디 그뿐인가?

이미 서진철 관장은 현성과 정진우가 싸우는 장면을 처음부터 지켜보고 있었다. 정진우가 출몰하는 지역 쪽에 감시 카메라들을 설치해 놓고 있었던 것이다.

"그리고 4클래스 마법을 막아낼 줄이야."

서진철 관장은 감시 카메라를 통해서 확인했다.

정진우가 아티팩트로 시전한 4클래스 마법, 윈드 토네이도를 현성이 막아내던 모습을 말이다.

아무리 인천 역사 유물 박물관에서 지급한 아티팩트를 사용했다고는 하지만, 그것들은 단지 노멀급 보급품에 지나지 않았다.

정진우가 가지고 있는 유니크급과는 그야말로 하늘과 땅 차이였다.

"이게 어떻게 된 일인지 물어봐도 되겠나? 김현성 군."

서진철 관장은 현성을 바라보며 미소를 지어 보였다.

하지만 웃고 있는 서진철 관장에게서 무시하지 못할 기운이 뿜어져 나오고 있었다.

'과연. 처음부터 이렇게 나올 생각이었나 보군.'

현성은 속으로 쓴웃음을 지었다.

정진우에게 교육적 지도를 하고 있던 와중에 현성은 공원 주변에 몰려드는 기운들을 느낄 수 있었다.

그리고 그 기운들이 이내 한국 지부인 박물관의 마법사들이라는 사실을 알아챘다.

몇몇 익숙한 기운들이 느껴졌었기 때문이다.

"저 하나 때문에 이런 함정을 파두신 겁니까? 정진우의 손에 죄 없는 여인들을 희생하면서까지?"

현성은 서진철 관장이 자신의 정체를 밝혀내기 위해 정진우를 준비했다고 생각했다.

하지만 서진철 관장은 고개를 흔들었다.

"그건 아니네. 정진우에 대해선 자네에게 말한 대로야. 내가 거짓말을 한 건 정진우의 실력이 1클래스 유저라고 말한 것뿐이지."

"정말입니까?"

"이 자리까지 와서 내가 또 거짓말을 할 이유가 뭐가 있겠나? 그보다 더 중요한 것은 자네가 누구인가, 라는 사실이지."

서진철 관장은 차가운 눈으로 현성을 노려봤다.

대체 눈앞에 있는 소년은 어째서 자신의 실력을 숨기고 마법 협회에 들어온 것일까?

"저에 대해선 이미 알고 있지 않습니까? 전에 말한 그대로

입니다만."

"농담은 집어치우게. 필요하다면 실력 행사도 불사할 생각이니."

그렇게 말하며 서진철 관장은 손을 들어 올렸다.

그러자 주변에 숨어 있던 한국 지부 마법사들이 마나 서클을 구동시키기 시작했다.

그 숫자는 약 20명이 넘었다.

현성은 서진철 관장이 단단히 준비하고 왔다는 사실을 알수 있었다.

'흠······.'

설마 이렇게 빨리 마법 협회가 자신의 정체에 대해 파고 들어올 줄이야.

"자네는 누구인가? 무슨 목적으로 마법 협회에 잠입하려고한 거지?"

다시 한 번 서진철 관장이 질문을 해왔다. 이에 현성은 고민했다.

'마법 협회와 분란을 일으켜 봤자 좋을 게 없다.'

현재 현성의 실력은 4클래스 마스터.

이 정도 실력으로 한국 지부를 어떻게 할 수 없을 거라는 사실을 현성은 잘 알고 있었다.

후광파 같이 뒷세계의 주먹 조직을 제압하는 것과는 확연히 상황이 달랐다.

조직폭력배들이라고 해도 일반인에 지나지 않는다.

하지만 마법 협회에는 인지를 초월한 힘을 가진 자들이 수두룩하게 있었다.

그들을 전부 제압할 만큼 현성이 아직 강하다고는 할 수 없었다.

그리고 서진철 관장이 현성을 인정하고 있듯이 현성 또한 서진철 관장을 인정하고 좋게 보고 있었다.

그뿐만이 아니다.

그동안 현성이 알아본 바에 의하면 한국 지부는 적어도 마법으로 사리사욕을 채우려고 하는 불순한 무리들이 아니었다.

그것은 노부유키가 마약과 위조지폐 사건을 일으켰을 때, 한국 지부가 어떻게 대응을 했는지 봐도 알 수 있었다.

마법 협회 한국 지부는 현성이 움직이기도 전부터 이미 히로세 노부유키와 혼죠 슈이치를 주시하고 있었으니까.

"좋습니다. 저에 대해 이야기를 해주지요."

현성은 순순히 서진철 관장에 질문에 답해주기로 마음먹었다. 지금은 대화를 할 때이지 서로 싸울 때가 아니라고 판단 한 것이다.

물론 이드레시안 차원계에 대한 이야기는 배제한 채로.

그렇게 현성은 자신에 대해 간략히 서진철 관장에게 이야기하기 시작했다.

"이게 전부입니다."

"그러니까 자네 말은 마법 협회라는 조직이 어떤 곳인지 조사하기 위해서 잠입했단 말인가?"

"예."

현성은 짤막하게 자신이 어째서 마법 협회에 잠입하게 되었는지 경위를 설명했다.

"크크큭. 크하하하하핫!"

현성의 이야기를 들은 서진철 관장은 폭소를 터뜨렸다.

"재미있군. 역시 자네는 정말 재미있는 인재야. 설마 혼자서 마법 협회가 어떤 곳인지 알기 위해 개인적으로 우리 조직에 잠입해 들어왔다니……."

서진철 관장은 웃음이 가시지 않은 얼굴로 말했다.

아직 완전히 현성의 말을 신뢰한 건 아니었지만, 적어도 다른 조직에서 심어놓은 스파이가 아니라는 사실을 알 수 있었다.

'애초부터 우리 조직에 스파이가 들어올 수도 없지만.'

한국 지부의 정보력은 어지간한 국가정보기관보다 한 수 위였다.

특정 조직이 자신들을 조사하기 위해 비밀 요원을 파견했다면 사전에 탐색을 해낼 수 있었다.

그런 자신들의 조사에 의하면 현성은 마법 협회에 들어오기 전 까지 마법과는 무관한 인물이었다.

자살을 시도하고 한 달간 혼수상태가 되었을 때까지는.

"그럼 이제 어쩐다……."

서진철 관장은 미소를 지으며 현성을 바라봤다.

"……."

현성은 살짝 긴장한 표정을 지었다.

사실 이제부터가 가장 중요했다.

현성은 자신이 숨기고 있던 사실 몇 가지를 밝혔다.

자신이 현재 4클래스를 마스터했다는 사실과 마법 협회에 들어온 목적 등등.

물론 자신이 이드레시안 차원계에서 마법을 배웠다는 사실은 숨겼다.

만약 이 사실이 밝혀지면 여러 가지로 골치가 아파질 것 같다는 생각이 들었기 때문이다.

이제 남은 문제는 서진철 관장이 어떻게 나오느냐였다.

그의 방침에 따라 마법 협회와 적대관계가 될 수 있고, 우호관계가 될 수 있었다.

만약 마법 협회와 적대 관계가 된다면…….

'지금의 생활은 풍비박산이 나게 될 테지.'

가장 먼저 가족들이 위험해질 테고, 자신은 전국 아니 전 세계에 수배령이 내려질지도 모르는 일이었다.

"뭐, 좋아. 자네가 다른 조직의 스파이가 아니라는 사실은 잘 알고 있네. 그리고 마법 협회가 어떤 조직인지 알고 싶은 것이야 누구나 다 그렇지. 마법 협회 마법사들 중에는 호기심 때문에 들어온 자들도 제법 있으니까 말이야."

서진철 관장의 말은 사실이었다.

마법의 재능을 가지고 처음으로 마법 협회를 알게 된 입문 자들은 당연히 마법 협회가 어떤 조직인지 궁금해했다.

그리고 현성처럼 마법 협회가 무슨 일을 하는지 알아보기 위해 들어온 자들도 꽤 있었다.

그 점에 대해서 서진철 관장은 특별히 문제 삼지 않았다.

"문제는 자네의 실력이지."

서진철 관장은 흥미로운 표정으로 현성을 바라봤다.

"제가 어떻게 4클래스가 되었는지 알고 싶으신 겁니까?"

현성의 말에 서진철 관장은 고개를 끄덕였다.

"자네는 1년도 안 되는 기간에 4클래스를 마스터했네. 그 것도 독학으로 말이야. 대체 어떻게 혼자서 4클래스를 마스터했는지 궁금하지 않을 수 있겠나?"

'물었군.'

서진철 관장의 말에 현성은 속으로 미소를 지었다.

언젠가 자신에 대해서 마법 협회에 이야기를 힐 날이 올 거라 예상하고 있었다.

그 때문에 현성은 이미 그날을 대비해 몇 가지 생각을 해놓았다. 그중 하나가 자신의 실력, 즉 마법 지식이었다.

현대의 마법사들은 대부분 클래스가 낮았다.

그 말은 곧 마법적인 지식이 낮다는 사실을 의미했으며, 실제로 현대의 마법사들은 마나 배열이나 술식이 조악했다.

그런 상황에서 어린 나이에 자신처럼 높은 클래스의 마법사가 나타난다면 어떻게 될까?

흥미를 보일 게 틀림이 없었다.

이드레시안 차원계이든 현대든 마법사는 호기심의 종족이었으니까.

마법 협회에 대해 적대적인 의사가 없다는 걸 표시하고 자신이 상위 클래스의 마법사라는 사실을 밝히면 분명 흥미를 보일 거라고 현성은 예상했다.

실제로 지금 서진철 관장은 현성이 생각한 대로 미끼를 물었다.

"원하신다면 제가 알고 있는 마법 지식들을 가르쳐 드릴 용의가 있습니다. 지금보다 더 마나 효율이 높은 술식이나 새로운 마법 같은 것들 말이지요."

"……!"

그 말에 주변이 술렁였다.

새로운 마법이라니!

지금보다 더 마나 효율이 좋은 술식이라니!

공원 주변에 몸을 숨기고 있는 마법 협회 한국 지부의 마법사들은 현성의 말에 동요했다.

그만큼 그들에게 현성의 말은 놀라운 의미를 가지고 있었다.

"그 말이… 정말인가?"

서진철 관장은 들뜬 표정으로 현성을 바라봤다.

그 또한 마법사였다. 마법사의 입장에서 보자면 현성의 말은 놀라운 제안이었으며, 탐이 날 수밖에 없는 제안이었다.

"흠!"

하지만 이내 헛기침을 하며 평소의 표정으로 돌아왔다.

서진철 관장은 한국 지부의 지부장.

거기다 지금 주변에는 스무 명 정도 되는 부하들이 지켜보고 있었다.

아무리 현성의 제안이 놀랍다고 해도 체면은 지켜야 했다.

그렇게 서진철 관장은 표정 관리를 한 후, 현성을 향해 입을 열었다.

"자네가 아티팩트 없이 4클래스 마법을 막는 장면을 보았으니 거짓말은 아닐 테지. 그래, 원하는 것은 무엇인가?"

서진철 관장은 현성이 저런 제안을 할 정도면 무언가 원하는 것이 있다고 생각했다.

"제 가족들의 안전입니다."

현대에는 여러 가지 위험이 존재했다.

각종 범죄나 사고 등등.

그 위험으로부터 가족들을 지키기 위해 현성이 선택한 것이 바로 후광파였다.

'하지만 후광파만으로는 힘들지.'

문제는 바로 현대에 존재하는 마법이었다.

존재할 리 없는 마법의 존재.

그리고 그로 인한 범죄 발생 위협과 앞으로 살아가면서 자신에게 적대적인 의사를 가진 마법사들이 가족들을 노릴 위험성도 있었다.

그 모든 위협으로부터 현성 혼자서 가족들을 지키기란 쉽지 않은 일이었다.

"흠. 가족들의 안전이라… 그거라면 문제없다. 한국 지부에는 마법에 대한 호기심 때문에 들어온 자들도 있지만, 가족들을 지키기 위해 들어온 자들도 있지. 가족들을 지키고, 나아가 국가를 수호하는 게 인천 역사 유물 박물관의 본래 취지니까 말이야."

가재는 게 편이라는 말이 있고, 팔은 안으로 굽는다는 말도 있다.

그 말대로 인천 역사 유물 박물관은 초국가적 세계 비밀 결사 집단인 마법 협회의 한국 지부였지만, 그 행동이나 목표는 항상 대한민국의 이익을 위해서였다.

애초에 마법 협회 한국 지부인 인천 역사 유물 박물관의 구성원부터가 한국인밖에 없었다.

그들은 가족과 국가를 위해서 행동했다.

어떻게 보면 국정원이나 경찰, 군대와 같은 조직이라고 할 수 있었다.

다만, 그러한 국가기관들과 달리 정부의 손에서 자유롭다는 점만 다를 뿐이었다.

"그럼 자네가 원하는 건 가족들의 안전뿐인가?"

"예. 그것뿐입니다."

"재미있군. 돈이나 명예, 권력은 필요하지 않단 말인가?"

"필요 없습니다."

서진철 관장의 말에 현성은 즉답했다.

그러자 서진철 관장은 웃음을 터뜨렸다.

"크크큭. 부귀영화를 원하지 않다니. 자네는 진짜 마법사인 모양이군."

"가족들의 안전과 마법 연구만 할 수 있다면 다른 건 필요 없습니다."

"가족들이라……."

서진철 관장은 턱을 쓰다듬으며 눈을 빛냈다. 무언가 좋은 생각이 났던 것이다.

"뭐, 좋겠지. 자네의 의견을 받아들이도록 하겠네."

"……!"

서진철 관장의 말에 주변에 있던 한국 지부 소속 마법사들이 또 한 번 술렁였다.

목적과 실력을 숨기고 들어온 현성을 다시 받아들이기로

했으니 당연했다.

하지만 술렁거림은 이내 사그라들었다.

'이대로 내치기엔 그의 실력이 아까우니까 말이야.'

서진철 관장은 현성의 실력이 탐났다.

그리고 현성이 가지고 있을 마법 지식이 무엇인지 정말 궁금했으며, 아직 현성이 숨기고 있는 비밀이 있다고 생각했다.

'분명 병원에서 한 달간 혼수상태에 빠졌을 때 무슨 일이 있었던 게 틀림없어. 반드시 그 비밀을 알아내 주지.'

바로 거기에 현성이 4클래스가 된 비밀이 숨겨져 있을 터.

서진철 관장은 자신의 속마음을 감추고 미소를 지으며 현성에게 악수를 청했다.

"마법 협회 한국 지부에 온 것을 다시 한 번 환영하네."

그렇게 현성은 정식으로 마법 협회 한국 지부의 마법사가 되었다.

제 5 장
서유나의 유혹

"이곳이 아티팩트 실험실입니다."

인천 역사 유물 박물관 지하 7층.

지금 현성은 이 대리의 안내를 받으며 마법 협회 한국 지부의 주요 시설들을 둘러보고 있었다.

'설마 지하 10층까지 있을 줄이야.'

서유나와 마법 수련을 할 때 현성은 인천 역사 유물 박물관의 지하가 5층까지 있는 줄 알았다.

지하 3층에서 4층은 연구실이나 실험실이 있다는 소리만 들었었고, 지하 5층이 제일 마지막 층이며 마법 수련장이라고만 알고 있었다.

그런데 지하 5층보다 더 밑이 있었을 줄이야!

"굉장하군요."

마법 협회 한국 지부의 지하 시설은 현성이 생각한 것보다 매우 컸다.

지금 눈앞에 실험실로 보이는 장소에서 하얀 가운을 입은 연구가들이 분주히 움직이며 첨단 설비로 아티팩트 실험을 하고 있었다.

현대의 마법사들은 마법을 과학적으로 연구를 많이 하고 있다는 이야기를 들었었다.

하지만 이렇게 첨단 설비를 가지고 연구를 하고 있을 줄은 상상도 하지 못했다.

'이드레시안 차원계의 과학력은 기껏해야 중세시대 정도였으니 말이야.'

현성은 속으로 쓴웃음을 지었다.

"지금 얼마 전에 회수한 B등급, 즉 유니크급 아티팩트의 성능과 내구성을 실험하고 있습니다."

아티팩트는 총 다섯 가지 등급으로 나누어진다. 가장 높은 S등급부터 D등급까지다.

영어 스펠링으로 등급을 나누긴 하지만 최근에는 S등급을 신화급, A등급을 전설급, B등급을 유니크급, C등급을 레어급, D등급을 노말급이라고 칭하는 경우가 많았다.

"화염 마법이 걸려 있는 검인가 보군요."

"예. 약 1만 년 전에 사용된 검으로 추정되고 있지요."

"1만 년 전?!"

이 대리의 말에 현성은 놀란 표정을 지을 수밖에 없었다.

1만 년 전이 어떤 시대인가?

신석기시대다. 그 시대에는 검이라고 할 수 있는 물건은 기껏 해봐야 돌을 깎은 칼 정도 밖에 없었다.

하지만 지금 눈앞에 있는 검은 철로 만들어져 있었다.

그것도 화려한 문양이 검신에 새겨져 있었으며 붉은 화염이 흘러나오고 있는.

그런데 저런 마법검이 1만 년 전 시대의 물건이라니?

'1만 년 전에 이미 마법 문명이 현대에 존재했었다는 말인가?'

현성은 자기도 모르게 식은땀을 흘렸다.

1만 년 전에 이미 마법과 과학 기술이 굉장히 발달한 초고대 문명이 존재하고 있었다는 것이니까.

"뭐, 믿기지 않을 테지요. 저런 물건이 현대에 존재 한다는 사실을 인정해 버리면 현재 인류 역사를 새로 써야 될 테니까요. 하지만 이 정도로 놀라시면 안 됩니다. 아직 더 비밀스럽고 신비스러운 일이 이 세계에는 많이 남아 있으니까요."

"……."

이 대리는 미소를 지으며 말했다.

그 말에 현성은 할 말을 잃었다.

지금 눈앞에 있는 사실보다 더 놀라운 일이 아직 남아 있단 말인가?

현성은 믿기지 않는 눈으로 아티팩트 실험실을 바라봤다.

그런 현성의 귀에 이 대리의 설명이 이어졌다.

"전 세계에 초고대 문명의 흔적들이 남아 있습니다. 그리고 그 고대 문명을 조사하다 보면 현대과학으로는 설명할 수 없는 물건들이 발견되곤 하지요."

"그거라면 알고 있습니다. 오파츠를 말하는 거죠? 신도림에서 열렸던 세계 미스터리 유물전에서 소개한."

"예. 맞습니다. 이런 오파츠들은 현대 과학으로는 설명할 수 없지만 마법을 대입하면 설명할 수 있는 것들이 있지요. 거의 대부분 오파츠들은 마나와 반응을 합니다. 수정 해골이 그 대표적인 경우라고 할 수 있겠네요."

이 대리의 말을 들으며 현성은 고개를 끄덕였다.

세계 미스터리 유물전에서 갑자기 자신의 마나와 공명하기 시작한 수정 해골 때문에 놀랐던 적이 있었으니 말이다.

"그런데 거의 대부분이라는 말은 마나와 반응을 하지 않는 오파츠가 있다는 말입니까?"

"……."

그 질문에 이 대리는 잠시 침묵했다.

하지만 이내 씩 웃으며 입을 열었다.

"역시 4서클 마스터의 매지션급 마법사. 예, 그렇습니다.

마나와도 반응하지 않고, 현대 과학으로도 도저히 설명 불가
능한 매우 특수한 오파츠가 존재합니다."

"호오……."

이 대리의 말에 현성은 흥미를 보였다.

"아직 입증이 된 건 아니지만, 유력한 가설이 있습니다. 바
로 현 인류의 과학기술을 넘어선 과학력으로 만들어졌다…
라는 가설이지요."

"……!"

그 말에 현성은 놀란 표정을 지었다.

현 인류의 과학 기술을 초월하여 만들어졌다니…….

"믿기지가 않는군요."

"뭐, 아직 가설이니까요. 하지만 고대 유적이나 유물에 대
해 조사를 하다 보면 믿기지 않는 사실들이 종종 발견되고 있
지요. 그것들을 보면 단순히 가설로 치부하기 힘든 것도 사실
입니다."

이 대리는 어색한 미소를 지으며 말했다.

바로 이러한 이유 때문에 마법 협회의 각 지부들은 고대 유
적에서 발견된 유물들을 혈안이 되어 회수하고 있었다.

회수한 고대 유물을 연구해서 어마어마한 이익을 창출해
낼 수 있었으니까.

그리고 이익뿐만이 아니라 다른 정보도 알아낼 수 있었다.

인류의 비밀이나, 고대 문명의 비밀 같은 것들을 말이다.

그 때문에 서로 고대 유물을 손에 넣기 위해 전 세계의 마법 협회 각 지부들은 서로 충돌을 일으키고 있었으며, 한국 지부와 일본 지부도 마찬가지였다.

"자, 그럼 다음 장소로 가실까요?"

지하 7층에 있는 실험실을 대충 한 번 둘러본 후, 이 대리는 현성을 데리고 지하 8층으로 향했다.

지하로 내려가기 시작하는 엘리베이터 안에서 이 대리는 지하 8층에 있는 아티팩트 연구실에 대해 간략히 이야기했다.

"지하 8층은 아티팩트 연구 및 개발실입니다. 고대 유적에서 발견한 오파츠를 연구하고 그걸 토대로 아티팩트를 자체적으로 개발하는 일 등을 맡고 있지요."

"재미있는 부서 같네요."

이 대리의 설명에 현성은 호기심 어린 표정을 지었다. 현대에서 아티팩트를 자체적으로 개발한다니.

흥미롭지 않은가?

"이곳이 아티팩트 연구실입니다."

"……"

현성은 눈앞에 있는 장면을 보고 침묵했다.

연구실로 보이는 아담한 크기의 방 안에 컴퓨터가 도배되어 있었다.

그곳에서 연구가들이 열심히 모니터를 쳐다보며 캐드 같

은 프로그램으로 아티팩트를 설계 하고 있었던 것이다.

그리고 다른 한 쪽에서는 고대 유적에서 발견한 오파츠를 3D 프린팅 기술을 이용하여 분석하고 있는 모습이 보였다.

"뭔가 대단하네요."

박물관의 지하 시설들을 잠깐 둘러본 현성은 감탄했다.

확실히 현대는 이드레시안 차원계와 확연히 달랐다.

마법뿐만이 아니라 과학적으로 아티팩트를 분석하고 개발하고 있었으니 말이다.

'한국 지부라… 생각보다 대단하군.'

이 대리와 함께 인천 역사 유물 박물관에 있는 지하시설들을 이리저리 둘러보며 현성은 혀를 내두르지 않을 수 없었다.

지금으로부터 약 3일 전.

현성은 서진철 관장과 거래를 했다.

자신의 마법 지식을 알려주는 대신, 가족들의 안전을 보장해달라고 말이다.

그 후 서진철 관장은 현성을 마법 협회 한국 지부의 정식 마법사로 인정했다.

그뿐만이 아니다.

인천 역사 유물 박물관은 철저하게 실력주의였다.

나이가 어리더라도 마법 실력이나 아티팩트 연구에 천부적인 자질이 있으면 높은 직급으로 대우해 주었다.

그리고 현재 현성은 4클래스 마스터.

그 사실을 서진철 관장에게 밝힌 덕분에 현성은 한국 지부 내에서 파격적인 대우를 약속받았다.

인천 역사 유물 박물관의 지하 시설을 오픈해준 것이다.

그렇게까지 서진철 관장이 해준 이유는 간단했다.

뉴스에서 피투성이 살인마로 알려진 정진우를 현성이 잡았으니까.

현재 정진우는 다시 마법 범죄자들이 수용된 교도소에 수감되었으며 두 번 다시 탈출하지 못하도록 엄중한 감시를 받고 있다고 한다.

아무튼 이유가 어찌 되었든 간에 현성은 서진철 관장이 의뢰한 임무를 완수했다.

그에 대한 보상이라고 할 수 있었으며, 앞으로 현성이 알려 줄 마법 지식에 대한 선금이라고도 할 수 있었다.

그 결과 지금 이렇게 현성은 이 대리와 함께 그동안 가보지 못했던 지하 시설들을 둘러볼 수 있게 된 것이다.

그리고 현성은 자신의 실력을 밝힌 후에도 박물관의 직원들을 이전과 다름없이 대했다.

'하지만 인천 역사 유물 박물관의 지하 규모가 이 정도까지였을 줄이야.'

현성은 고개를 절레절레 흔들었다.

지하 시설들을 둘러보며 이 대리로부터 들은 이야기에 의하면 한국 지부는 거의 대부분 고대 유물인 오파츠와 아티팩트에 관련된 일들이 많았다.

대충 아티팩트 쪽 인원만 봐도 총 세 팀이 있었다.

전 세계에 숨어 있는 아티팩트를 찾기 위한 탐색팀.

그리고 고대 유적에서 아티팩트를 가지고 오기 위한 회수팀.

그렇게 회수한 아티팩트를 조사하기 위한 연구팀.

한국 지부 마법사들은 거의 대부분 이 세 팀에 배속되어 있었다.

이외에도 마법 수련이나 연구를 하기도 하지만, 거의 대부분 아티팩트에 관련된 일들을 하고 있다고 이 대리는 설명했다.

어떻게 보면 아티팩트 하나에 너무 매달리고 있는 것처럼 보였지만 현성은 이해할 수 있었다.

불과 3일 전, 정진우와의 싸움에서 아티팩트의 효능을 몸소 느꼈으니까.

3클래스 유저에 불과한 정진우가 아티팩트의 힘을 빌어서 4클래스 마법을 사용했으니 말이다.

'마나 서클이 전반적으로 낮은 마법 협회의 마법사들이 아티팩트에 목을 멜만도 하겠지.'

현성은 속으로 혀를 찼다.

이런 아티팩트에 관한 연구보다 본인의 실력을 높이기 위한 방법을 찾았으면 더 나았을 것이라는 아쉬움이 들었다.

하지만 현대에서 마나 서클을 올리기란 여간 힘든 일이 아니었다. 대기 중의 마나 농도가 옅은 데다가, 과학 기술이 발달한 탓에 아티팩트의 성능 개발 쪽으로 마법사들의 열의가 옮겨가는 것은 당연한 수순이라고 할 수 있었다.

그리고 이러한 아티팩트의 연구 성과 덕분에 다양한 무기와 방어구들이 개발되었다.

처음 현성에게 지급된 검은색 코트와 장갑 등이 연구 성과물이었다.

마법 협회에 가입한 견습 마법사들에게 지급되는 물품으로 한국 지부에서 자체 개발했다.

하지만 역시 견습 마법사들에게 지급되는 만큼 성능은 최하였다.

D등급인 노말급 아티팩트였던 것이다.

하지만 정식 마법사들에게는 임무에 따라 높은 등급의 아티팩트를 지급한다. 그 종류도 마법사들의 취향에 따라 다양하다고 이 대리는 덧붙였다.

"설마 박물관이 이렇게까지 현대적인 조직일 줄은 몰랐네요."

"뭐, 그렇죠. 마법사라고 하면 고리타분하거나 퀴퀴한 골동품 같은 걸 다룰 거라 생각하지만 실제로는 많이 다르지요."

이 대리는 자부심이 넘치는 표정으로 말했다.

그는 비록 마법 실력은 낮았지만, 자신이 마법사라는 사실
에 긍지를 갖고 있었다.

그리고 자신들이 하고 있는 일에 대해서도.

그렇게 이 대리와 대화를 나누며 지하 8층에 도착하자 엘
리베이터 문이 열렸다.

"······!"

엘리베이터에서 내리려고 했던 현성은 순간 멈칫거렸다.
엘리베이터 문 너머에 뜻밖의 인물이 서 있었던 것이다.

"김현성······."

엘리베이터 밖에 서 있던 인물은 다름 아닌 서유나였다.

그녀는 놀란 눈으로 현성을 바라보다가 이내 차가운 냉기
를 풍겼다.

"이런 곳에서 대마법사님을 만나게 되어 몸 둘 바를 모르
겠군."

서유나는 차가운 조소를 지으며 비아냥거렸다.

그녀의 태도에 현성은 쓴웃음을 지었다.

"아직도 화가 풀리지 않은 겁니까?"

"흥."

서유나는 코웃음을 치며 고개를 돌렸다.

그녀가 이런 태도를 보이는 이유가 있었다.

이미 서유나도 현성에 대해 이야기를 전해 들었다.

눈앞에 있는 소년이 실력을 숨기고 박물관에 들어왔다는

사실이 문제긴 했지만, 그보다 더 서유나에게 있어 큰 문제가
있었다.

불과 며칠 전까지만 해도 현성이 실력을 숨긴 채, 자신에게
서 직접 마법을 배워왔다는 사실이었다.

자신의 실력은 2클래스 유저였으며, 현성의 실력은 4클래
스 마스터였다.

그동안 자신에게서 마법을 배우며 현성이 얼마나 우습게
보고 있었을지 생각만 해도 서유나는 자존심이 상했다.

"그동안 재미있었겠군. 자기보다 실력이 낮은 자를 보면서
말이야."

가시가 박혀 있는 서유나의 말에 현성은 고개를 흔들었다.

"꼭 그렇지만도 않더군요. 오히려 지루한 편이었으니."

"이익……!"

서유나의 차가운 표정에 금이 갔다.

그녀는 억울했다.

처음 그녀가 현성을 맡게 되었을 때, 마법 협회 한국 지부
의 기대되는 신인이라고 이야기를 들었다.

그래서 나름 열심히 현성을 데리고 아티팩트 수련이나 전
투 훈련 등을 시켰었다.

그런데 자신의 수업들이 지루했었다니!

"역시 대마법사로군. 사람을 속여 놓고도 뻔뻔스럽기 짝이
없어."

서유나의 말에 현성은 피식 웃음을 흘렸다. 그리고 미묘한 눈빛으로 서유나를 바라봤다.

자신의 실력을 밝힌 후에도 현성은 박물관의 직원들을 이전처럼 대하고 있었다.

하지만 눈앞에 있는 서유나의 경우는 애매했다. 박물관에서 그녀를 스승으로 대하고 있었으니 말이다.

'그것도 이제 끝난 일이지.'

이제는 오히려 정반대의 상황이 되었다.

현성이 인천 역사 유물 박물관으로 위장하고 있는 마법 협회 한국 지부의 마법사들에게 마법을 가르쳐야 되는 입장이 되었으니까.

"지하 시설을 전부 둘러보고 난 뒤에 잠깐 나 좀 볼 수 있을까?"

"……?"

서유나의 말에 현성은 의아한 얼굴로 그녀를 바라봤다.

그러자 그녀는 현성의 귓가에 입을 바짝 붙이고 속삭이듯 조용히 말했다.

"중요한 할 말이 있다. 지하 9층에 있는 VIP룸에서 봤으면 좋겠군."

지하 9층에는 요인 보호를 위한 손님용 방이 있었다.

상류층들이 사용할 수 있도록 호텔처럼 호화스럽게 꾸며진 VIP룸이었다.

"알겠습니다."

난데없이 손님용 방에서 보자는 그녀의 말이 의문스러웠지만 현성은 고개를 끄덕였다.

'아마 마법 협회와 관련하여 중요한 정보가 있는 것일 테지.'

현성은 그렇게 생각했다.

"그럼……."

서유나는 현성과 이 대리를 스쳐 지나가며 엘리베이터에 올라탔다.

엘리베이터 문이 완전히 닫힐 때까지 현성과 서유나는 서로를 마주봤다.

그리고 엘리베이터는 지하 9층으로 내려갔다.

그녀는 먼저 가서 기다리고 있을 생각인 모양이었다.

"그럼 저희도 가보죠."

그렇게 서유나와 헤어진 현성은 이 대리를 데리고 다시 박물관의 지하 시설들을 둘러보기 위해 돌아다니기 시작했다.

*   *   *

'흠. 이곳인가?'

서유나와 약속을 하고 얼마 지나지 않아 현성은 그녀와 만나기로 한 VIP룸 앞에 서 있었다.

똑똑.

현성은 VIP룸 문 앞에서 노크를 했다.

잠시 후, 문이 벌컥 열리며 검은색 여성 정장 차림을 한 서유나가 VIP룸에서 나왔다.

"왔군. 들어와."

그녀는 현성을 VIP룸 안으로 초대했다.

아담한 크기의 VIP룸 안에는 2인용 침대와 소파, 그리고 테이블이 자리를 차지하고 있었으며, 벽에는 기품이 있어 보이는 그림이나 장식들이 호화롭게 꾸며져 있었다.

이드레시안 차원계에서 지내며 보아왔던 왕궁 응접실의 화려함과는 비교가 되지 않았지만, 현대인의 시선으로 디자인된 VIP룸 안은 꽤 세련되어 보였다.

하지만 지금 현성이 신경 써야 될 부분은 그쪽이 아니었다.

'흠. 어째 좀 분위기가 묘하군.'

아담한 크기의 방 안.

그리고 그곳에 있는 두 명의 남녀.

'설마 저 얼음마녀가 그럴 리는 없겠지.'

순간적으로 든 말도 안 되는 생각에 현성은 고개를 흔들었다. 서유나는 자존심이 강하고 차가운 성격이었다.

남자 따위는 길거리의 돌처럼 대했다.

그런 그녀가 자신을 유혹할 리 없었다.

"중요한 이야기라는 게 뭐지요?"

VIP룸 안에 들어선 현성은 서유나의 등을 바라보며 입을 열었다.

그러자 서유나는 드물게도 당황스러워 하는 모습을 보였다.

"자, 잠시만 기다려줘."

"……?"

그러한 그녀의 모습에 현성은 의아해 했다.

하지만 이내 현성은 놀란 표정을 지었다.

갑자기 서유나가 검은색 정장을 벗기 시작한 것이다.

"무, 무슨 짓을……."

현성의 말에도 아랑곳하지 않고 서유나는 묵묵히 등을 보인 채 하얀 블라우스에 손을 가져갔다.

천천히 블라우스의 단추를 풀고 있는 그녀의 손가락은 평소답지 않게 떨리고 있었다.

얼마 지나지 않아 그녀의 붉게 상기된 새하얀 피부와 검은색 브래지어가 모습을 드러냈다.

그리고 서유나는 이내 섬섬옥수 같은 손가락을 아래로 내려 정장 치마마저도 벗었다.

그러자 검은색 정장 치마 밑에 숨어 있던 검은색 가터벨터와 팬티가 수줍게 나타났다.

검은색 속옷과 스타킹 차림이 된 서유나는 팔을 교차하며 가슴을 가린 상태로 천천히 현성 앞으로 몸을 돌렸다.

"⋯⋯."

현성은 말없이 그녀의 모습을 바라봤다.

그녀의 모습은 어떤 남자라도 눈을 뗄 수 없게 만들 정도로 관능적이었다.

거의 반라 차림의 그녀는 거부할 수 없는 매력을 발산하고 있었다.

그 상황에서 서유나는 얼음마녀라는 별명답지 않게 붉은 색 눈동자를 애절하게 빛내며 모든 남자들의 애간장을 녹여버릴 것 같은 결정타를 날렸다.

"나를 마음대로 해도 돼."

아름다운 미녀의 가슴이 떨리는 제안.

대체 어떤 남자가 서유나와 같은 혼혈 미녀의 제안을 거부할 수 있을까?

하지만 지금 서유나의 제안을 거부하는 남자가 바로 눈앞에 있었다.

"이건 대체 무슨 의미입니까?"

현성은 서유나를 향해 차갑게 한마디 했다.

이미 서유나의 의도가 무엇인지 현성은 알아차렸다.

그럼에도 불구하고 일부러 질문을 한 것이다.

"그걸 내가 꼭 말해야 되나? 날 더 이상 부끄럽게 만들지 마라."

그런 현성의 속마음을 알고 있는 것일까.

서유나는 평소 얼음마녀라고 불리는 여인답지 않게 얼굴을 붉히며 체념한 듯이 고개를 살며시 옆으로 돌렸다.

그런 그녀의 모습에 현성은 한숨을 내쉬며 말했다.

"서진철 관장님이 시킨 겁니까?"

"……!"

순간 서유나의 표정이 흔들렸다.

서진철 관장은 현성이 마법 협회 한국 지부의 큰 도움이 될 거라 생각했다.

현성이 가지고 있을 마법 지식뿐만이 아니라, 4클래스 마스터라는 실력만 봐도 세계 각국에서 서로 데려가려고 난리를 칠 것이다.

이미 현성의 실력은 전 세계에 뿌리를 내리고 있는 마법 협회 각 지부의 지부장급 이상의 실력이었으니 말이다.

그 말은 곧 현성이 매지션의 칭호를 가진 마법사와 동급이라는 소리였다.

현대의 마법사는 각각 등급이 있었다.

3서클을 마스터하고 4서클에 들어선 마법사에게 매지션이라는 칭호를 내리고, 6서클을 마스터하고 7서클에 들어선 마법사에게는 위저드라는 칭호를 내린다.

전 세계에서 매지션의 칭호를 받은 마법사들은 열 명 안팎이 되지 않으며, 위저드의 칭호를 가지고 있는 마법사는 대외적으로 알려져 있지 않았다.

아니, 애초에 위저드급 마법사는 현대에 실제로 존재하는지 안하는지 알 수조차 없는 꿈의 경지였다.

이드레시안 차원계에서도 위저드급 마법사는 손에 꼽을 정도였다.

그만큼 7서클 유저 이상의 마법사들은 이드레시안 차원계에서도 몇 되지 않았다.

현성은 그 몇 되지 않는 마법사들의 정점에서 군림했다.

말년이 다 되어서이긴 하지만 8서클을 마스터한 마법사였으니 말이다.

또한, 서진철 관장은 현성의 가능성을 내다봤다.

현재 현성의 나이는 18세.

아직 고등학교 2학년이었다.

겨울방학이 끝나면 19세로 고등학교 3학년이 된다.

즉, 어린 나이에 4서클을 마스터한 천재 중의 천재 마법사라는 소리였으며, 어쩌면 현대에서 꿈의 경지라고 생각되고 있는 위저드급 마법사가 될지도 모른다고 서진철 관장은 판단했다.

그런 현성을 자신의 심복으로 만든다면 굉장한 도움이 될 터. 그렇다면 어떻게 해야 현성을 자기 사람으로 만들 수 있을까?

해답은 간단하게 나왔다.

서진철 관장에게는 아름답고 사랑스러운 딸이 있다.

차가운 성격이 문제이긴 하지만, 자신의 딸이라면 그 어떤 남자라도 사로잡을 수 있을 터.

그리고 현성을 자기 사람으로 만들 수만 있다면, 자신의 딸을 아낌없이 줄 수 있었다.

그만큼 현성이 지니고 있는 가치가 어마어마하다고 생각하고 있었으니까.

그 결과가 지금 같은 상황이었다.

"서진철 관장님에게 가서 전하세요. 이런 짓을 하지 않아도 한국 지부와 척을 질 생각은 없다고."

그렇게 말한 현성은 망설임 없이 몸을 돌렸다.

"자, 잠깐……!"

그런 그를 서유나가 멈춰 세웠다.

현성은 물끄러미 그녀를 바라봤다.

다시 한 번 생각하는 거지만 그녀는 정말 아름다웠다.

얼음 조각 같은 아름다운 외모와 새하얀 피부, 그리고 검은색 속옷으로 감싸여 아슬아슬하면서도 예술 같이 늘씬하고 풍만한 몸매.

한번 보면 도저히 눈을 떼기 힘든 아름다운 그녀가 반쯤 애원 하는 듯한 표정으로 현성을 바라봤다.

"이, 이대로 가버리면 나는……."

믿을 수 없다는 표정으로 자신을 바라보고 있는 그녀를 향해 현성은 부드러운 목소리로 말했다.

"무리하지 않아도 되요. 이런 일은 좋아하는 사람에게만 하세요. 진심이 아니면 저도 싫으니까요."

그 말만을 남긴 채 현성은 뒤도 돌아보지 않고 VIP룸에서 빠져나갔다.

털썩.

현성이 나가고 홀로 VIP룸에 남겨진 서유나는 부드럽고 포근한 침대 위로 힘없이 쓰러졌다.

빠져들어 갈 것 같은 부드러운 감촉이 온몸을 감싼다.

'설마 나를 거부하는 남자가 있을 줄이야.'

서유나는 거의 반라 차림으로 침대 위에서 안타까우면서도 달콤한 한숨을 내셨다.

그녀는 자신이 있었다. 어떤 남자라도 자신의 품으로 넘어올 수 있게 만들 수 있을 거라고.

하지만 보기 좋게 차이고 말았다.

'진심이 아니면 싫다라······.'

서유나는 현성의 말을 되뇌며, 얼음마녀라고는 생각되지 않는 부드럽고 따스한 미소를 살며시 지었다.

*　　　*　　　*

태양이 고개를 내밀기 시작하는 추운 겨울날의 아침.

"후······."

현성은 자신의 방 안에서 조용히 눈을 떴다. 그리고 만족스러운 미소를 지었다.

"드디어 5서클을 완성했구나."

현성은 기쁜 표정을 감추지 않았다.

요원하기만 하던 자신의 본래 경지인 8서클까지 이제 세 서클이 남았기 때문이다.

이른 아침부터 마나 수련을 하면서 5서클을 완성한 현성은 절로 웃음이 흘러나왔다.

그동안 아무도 보지 못하게 방바닥에 마나를 모으기 위한 마법진을 설치하고 수련을 시작한 현성은 오늘 드디어 5서클을 중단전에 완성했다.

4서클을 완성하고 난지 수개월 만에 이뤄낸 쾌거였다.

'확실히 마법진이 수련에 도움이 된 건 사실이지만, 얼마 전 지하시설을 둘러본 게 더 커.'

현성은 입가에 미소를 지으며, 이틀 전 이 대리와 함께 둘러본 지하시설을 들을 떠올렸다.

그곳에서 자신은 아티팩트를 연구하거나 실험하는 장면을 견학했으며, 그 외에도 아티팩트들을 보관해 놓은 창고를 구경하기도 했다.

그 후 마나 수련을 시작한지 불과 이틀 만에 5서클이 완성된 것이다.

다양한 아티팩트들과 그것을 연구하고 있는 마법사들을

보면서 작은 깨달음을 다시 떠올린 덕분이었다.

"이번 생에서는 꼭 9클래스를 마스터한다."

이드레시안 차원계에서 남겼던 마지막 미련.

그것을 현대에서 이루기를 현성은 또 한 번 다짐했다.

─지울 수가 없는 너니. 왜 이리 미련하니 난 oh~

그때 현성의 스마트폰이 울렸다.

모닝콜로 설정한 음악이 흘러나온 것이다.

"슬슬 시간이군."

가부좌를 틀고 앉아 있던 현성은 쓴웃음을 지으며 자리에서 일어났다.

이제 얼마 안 있으면 귀여운 불청객이 현성의 방에 찾아 올 예정이었기 때문이다.

그리고 잠시 후.

벌컥!

난데없이 방문이 활짝 열렸다.

"오빠, 아침이야!"

그리고 방문을 넘어서 현아가 난입해 들어왔다.

현아는 주변 확인은 하지 않고 다짜고짜 현성의 침대로 뛰어들었다.

퍼어억!

시원스럽게 현아의 팔꿈치가 침대 정중앙에 내려찍혔다.

"……"

그 모습을 현성은 말없이 바라보다가 입을 열었다.

"지금 뭐하는 거냐. 현아야."

"어? 오빠, 벌써 일어나 있었어?"

방문 옆에서 멀쩡하게 서 있는 현성을 본 현아는 겸연쩍게 웃었다.

그 모습에 현성은 한숨을 내쉬며 고개를 흔들었다.

"매일 아침마다 대체 뭘 하는 건지, 원."

"뭐긴 뭐야. 여동생 특권을 행사 중이지."

현아는 귀여운 미소를 지으며 말했다.

불과 몇 달 전이었다면 지금 같은 현아의 모습은 상상도 할 수 없을 것이다.

그만큼 현아는 현성을 원망하고 있었고 사이도 좋지 않으니까.

그런데 현성이 자살 시도에서 깨어난 이후 변화된 모습을 보이기 시작하고, 결정타로 얼마 전 가족들에게 선물을 사준 것을 계기로 현아는 현성에게 어리광을 부리기 시작했다.

"여동생 특권은 또 뭐냐."

"뭐야 기억 안나? 어렸을 때 자주 이렇게 놀았었잖아."

"어렸을 때라……."

현아의 말에 현성은 옛날 일을 떠올려 보았다.

하지만 잘 기억이 나지 않았다.

있었던 것 같기도 하고, 없었던 것 같기도 했다.

지금 현성의 기억은 현대에서보다 이드레시안 차원계에서의 기억이 더 많았으니까.

'실제로 이렇게 놀았는지조차도 불분명하니 말이야.'

현성은 고개를 절레절레 흔들었다.

"아무튼 쓸데없는 짓은 그만 하고 밥이나 먹으러 가자."

"응."

현아는 현성의 제안에 순순히 응했다.

현아 또한 배가 고팠던 것이다.

그렇게 현성과 현아는 방을 나섰다.

제 6 장

마법 교육의 시작

"흠······."

거실에는 이미 아버지가 나와서 소파에 앉아 신문을 보고 계셨다.

'무슨 걱정거리가 있으신가?'

신문을 보고 계시는 아버지를 바라보며 현성은 고개를 갸웃했다. 아버지의 표정이 좋아 보이지 않았던 것이다.

"현성이 왔냐."

"네."

아버지는 거실에서 현성을 보더니 인사를 건넸다.

현아는 조금 전까지 현성과 함께 있었지만 아침 식사를 준비 중인 어머니를 도와주겠다며 부엌으로 직행했다.

현성은 표정이 좋아 보이지 않는 아버지에게 물었다.

"무슨 걱정이 있으세요?"

"웅……? 아무것도 아니다."

아버지는 고개를 흔들며 다시 신문을 펼쳐 들었다.

—식자재 마트, 일반 시장에 침투하다!

그때 현성의 눈에 큰 글씨로 게재된 신문기사 글이 보였다.

'혹시……'

"아버지. 시장 장사가 잘 안 되세요?"

"험!"

현성의 말에 아버지는 헛기침을 한 번 하셨다.

정곡이었다.

"네가 신경 쓸 일이 아니다. 걱정하지 말거라. 내가 알아서 다 할 터이니."

그렇게 아버지는 일축했다.

행여나 현성이 집안 문제로 걱정할까 봐 아버지 나름대로 배려한 말이었다.

하지만 아버지의 배려는 가족들에게 밥 먹으러 부엌 식탁에 오라고 부르기 위해 나온 어머니의 등장으로 산산조각 났다.

"당신이 알아서 하기는 뭘 알아서 해요. 요즘 식자재 마트 때문에 일반 시장이 죽어가고 있는 마당인데."

"에잉, 그런 이야기를 애들 앞에서 왜 해?"

"왜요? 이제 애들도 알 만큼 다 컸잖아요. 집안 사정이 어떻게 돌아가는지 알아야 나중에 사회에서 어떻게 살아나갈지 생각할 거 아니에요."

"쯧."

어머니의 반박에 아버지는 애꿎은 혀만 차고 신문을 치켜들었다. 그리고 현성은 부엌에서 나온 어머니를 바라보며 입을 열었다.

"어머니. 시장 상황이 많이 안 좋은가 봐요?"

"요즘 식자재 마트 때문에 힘들구나."

어머니는 어두운 표정으로 한숨을 내셨다.

한때 잠깐 현성이 가게에 와서 일을 도왔을 때는 장사가 좀 되는가 싶었지만, 현재는 손님들을 식자재 마트에 거의 뺏기고 만 것이다.

'이렇게까지 상황이 나빠진 건가?'

현성은 생각에 잠겼다.

이미 현성은 부모님의 가게를 도와주기 위해 마나를 채소와 과일에 불어넣는 작업을 했었다.

당시에는 그 정도면 충분할 거라 생각했지만, 학교에서 한 진상과 엮이면서 후광파를 제압하고, 마법 협회에 대해 알게 되면서 부모님 가게 일에 소홀할 수밖에 없었다.

그 결과 시장 손님들을 식자재 마트에 뺏긴 모양이었다.

'어쩐다…….'

이전처럼 마나를 채소와 과일에 불어넣는 작업을 한다면 다시 손님들이 돌아올 수도 있었다.

하지만 그건 현성이 가게 일을 도와주는 한때에 지나지 않았다. 앞으로 겨울방학이 끝나고 고등학교를 다니고 마법 협회에 관련된 일을 하면서 부모님 가게까지 도와주기 힘들었다.

'무슨 좋은 방법이 없을까?'

현성은 고민했다.

자신이 없어도 부모님의 채소 가게가 번창할 수 있는 획기적인 방법.

'가만. 그러고 보니 한 가지 방법이 있긴 하군.'

현성의 머릿속에 아이디어가 스쳐지나갔다.

마법 협회에서 연구하고 있는 오파츠, 아티팩트.

부모님 가게에 도움이 될 만한 아티팩트는 현성이 제작하면 될 일이었다.

'이건 대체 무슨 운명의 장난인지…….'

현성은 쓴웃음을 지었다.

아티팩트 제작은 쉬운 일은 아니었다.

하위 서클 마법사가 아티팩트 하나를 제작하는데 시간이 오래 걸리기 때문이다.

그런데 오늘 현성은 5서클을 마스터했다.

그 말은 곧 비교적 쉽게 아티팩트를 제작할 수 있다는 소리
였다.

"어머니. 오늘부터 제가 가게 일을 도와드릴게요."

"뭐? 너 겨울 방학 때 아르바이트를 한다고 하지 않았니?"

"괜찮아요. 한 며칠 아르바이트를 미뤄도 되요."

어머니의 질문에 현성은 대수롭지 않다는 표정으로 대답
했다.

이미 현성은 가족들에게 박물관에서 잡무를 한다고 말한
상태였다.

그래서 가족들은 현성이 박물관에서 아르바이트를 하고
있는 줄로 알고 있었다.

"그래도 괜찮니?"

걱정스러운 얼굴로 되묻고 있었지만 어머니는 왠지 반기
는 눈치였다.

현성이 가게 일을 도와주었을 때는 믿기지 않을 정도로 장
사가 잘되었기 때문이다.

아버지는 헛기침을 한 번 하시고 신문만 들여다보는 척을
했을 뿐, 반대하지는 않았다.

아버지 또한 현성에게 작은 기대를 하고 있다는 증거였다.

"예. 맡겨만 주세요."

그런 아버지와 어머니를 바라보며 현성은 자신감 넘치는
미소를 지어 보였다.

＊　　＊　　＊

"흠……."

부모님의 가게 안.

쇠뿔도 단김에 뺀다고 현성은 아침 식사를 마치고 온 가족이 다함께 부모님이 일하시는 가게에 출근했다.

지금 부모님과 현아는 채소와 과일을 내놓은 바깥에서 손님들을 상대로 장사를 하고 있었다.

그리고 현성은 가게 안에서 어떻게 하면 장사에 도움이 될 만한 아티팩트를 만들지 궁리 중이었다.

'우선은 외관이군.'

무슨 물건이든 비주얼적인 이미지가 중요했다.

특히 채소나 과일 같은 식재료는 상태가 좋아보여야 사람들의 시선을 끌 수 있을 것이다.

즉, 신선도와 싱싱함이 생명이라고 해도 과언이 아닐 터!

'되도록 눈에 띄지 않는 소품을 써야겠군.'

아티팩트라고 해도 거창할 필요까지는 없었다.

그냥 일상생활에서 자주 쓰는 물품에 영구적인 마법을 걸면 되는 일이었으니까.

문제는 바로 물품에 영구적인 마법을 거는 게 가장 어렵다는 사실이었다.

그래서 대부분 아티팩트들은 작은 마법진을 새겨서 구동하는 경우가 많았다.

'우선은 소쿠리부터 시작해 볼까?'

시장에서 장사를 하는 가게에서 가장 많이 쓰는 물건은 과연 무엇이 있을까?

바로 상품을 담아놓는 소쿠리다.

현성은 소쿠리에 마법을 걸어 채소와 과일들이 싱싱하게 보이도록 만들 생각이었다.

'이미지를 좋게 보이기 위해 일루전 마법진을 좀 새기고, 마나를 모으는 마법진도 새기는 게 좋겠군.'

현성은 소쿠리의 바닥을 이리저리 보며 초소형 마법진을 새기기 시작했다.

당연히 이러한 마법진들은 일반인들의 눈에는 보이지 않도록 조치를 취해놓았다.

일루전 마법을 응용하면 간단한 일이었다.

손님들의 시선들을 확 잡아끌기 위한 임팩트적인 장면 연출을 위한 환영 마법진과, 채소와 과일들을 싱싱하게 만들기 위해 미량이지만 소쿠리에 마나를 모을 수 있는 마법진을 새겼다.

그리고 채소와 과일을 먹을 손님들의 건강과 맛을 생각해서 활력을 증진시키는 마법진도 추가했다.

비록 초소형 마법진인데다가 현대의 대기에 분포 중인 마나의 양이 적어 효과는 크게 기대할 수 없었다.

하지만…….

'정말 공교롭기 짝이 없지. 오늘 5서클을 마스터하고 나서 바로 아티팩트를 만들 일이 생겼으니 말이야.'

소쿠리에 마법진을 새기면서 현성은 쓴웃음을 지었다.

현성은 오늘 아침 드디어 5서클을 마스터했다.

그 덕분에 비교적 간단히 아티팩트를 만들 수 있게 되었으며, 이렇게 현성이 제작한 아티팩트 소쿠리는 큰 역할을 하게 될 것이다. 소쿠리에 새겨놓은 마법진에 5서클 마나를 퍼붓고 있었으니까.

'만약 4서클 마스터인 상태였다면 불가능했을 테지.'

그만큼 4서클 마법사가 만든 아티팩트와 5서클 마법사가 만든 아티팩트는 격차가 있다는 소리였다.

만약 현성이 아직 4서클이었다면, 지금 만들고 있는 아티팩트 소쿠리 같은 영구적인 물품은 만들어내지 못했을 것이다.

그리고 사실 영구적이라고 해도 지금 현성이 제작한 아티팩트 소쿠리는 실질적으로 수명이 약 수십 년 정도였다.

마법진의 크기가 초소형인 탓에 어쩔 수 없는 일이었다.

그렇게 현성은 채소나 과일을 손질 하는 척하면서, 부모님들이나 현아의 눈을 피해 가게 안에 있는 모든 소쿠리들을 이리저리 손보며 빠르게 마법진을 새겨 넣었다.

'그리고……'

아직 현성의 작업은 끝나지 않았다.

소쿠리를 아티팩트로 만들고 난 현성은 가게 안을 둘러봤다.

가게 안에는 채소와 과일들의 재고가 어지럽게 널려 있었으며, 일부는 아직 박스 안에 잠들어 있었다.

채소와 과일은 오랜 시간이 경과하면 당연히 상태가 나빠진다. 최대한 보존기간을 늘려야 신선도를 유지할 수 있었다.

'그럼 또 시작해 볼까.'

현성은 가게 안에 널려 있는 재고들을 정리하기 시작했다. 가게 안에 나와 있는 채소와 과일들을 박스 안에 다시 집어넣었다.

그리고 정리를 끝낸 박스와 재고가 담겨 있는 박스에 1회용 마법진을 붙이기 시작했다.

소쿠리 같은 가게 물품은 두고두고 사용할 수 있지만, 박스는 안에 든 채소와 과일을 꺼내고 나면 버리기 때문이다.

괜히 고생해서 새길 필요까지는 없었다.

현성은 박스에 보존기간을 늘리는 1회용 마법진을 마치 스티커를 붙이는 것처럼 갖다 붙였다.

이런 마법진의 효과는 영구적이 아니라 2~3일이 한계였다.

하지만 어차피 아버지가 매일 새벽마다 재래시장에 나가

서 신선한 채소나 과일을 구입해 오기 때문에 오랜 기간 보존할 필요는 없었다.

그 때문에 소쿠리를 아티팩트로 만드는 작업보다 더 빠르게 일을 끝마칠 수 있었다.

"후. 일단 이 정도면 되려나?"

오전부터 작업을 시작한 현성은 가족들과 점심을 먹고 오후가 되어서야 일이 끝났다.

역시 가게 안에 있는 모든 소쿠리에 마법진을 새기는 일이 오래 걸렸다.

남은 건, 화려한 말빨을 가진 아줌마들의 입소문뿐.

"오빠. 가게 안 일 다 끝났어?"

그때 현아가 가게 안으로 들어왔다.

"어, 방금 다 끝냈다."

"그래?"

현아는 가게 안을 둘러봤다.

지저분하던 가게 안이 말끔히 청소가 되어 있었고, 이리저리 널려 있던 재고 정리도 다 되어 있었다.

그리고 현성이 보존 기간을 늘리기 위해 마법진을 붙인 박스를 본 현아는 의아한 표정을 지었다.

"뭐지? 왠지 모르게 박스가 싱싱해 보여."

"……"

현아의 말에 현성은 순간 침묵했다.

설마 보존용 마법진을 붙였을 뿐인데 이런 결과가 생길 줄이야.

"현아야 뭐하니? 빨리 나와서 도와주지 않고."

그때 현아의 뒤를 이어 어머니가 가게 안으로 들어왔다.

"아, 엄마. 잠시만 이리 와봐. 박스가 싱싱해 보여."

"뭐?"

현아의 말에 어머니는 의아한 표정을 지었다. 하지만 이내 걱정스러운 얼굴로 입을 열었다.

"현아야. 이제 좀 쉬면서 가게 일을 해야겠구나. 어린 나이에 벌써 헛것이 보이니……."

"아니야! 진짜라니까! 엄마도 이리 와서 한번 봐봐."

현아는 어머니의 팔을 붙잡고 박스 앞으로 끌고 왔다. 박스를 본 어머니는 놀란 표정을 지었다.

"어머. 이게 웬 일이니?"

"그렇지? 내 말이 맞지?"

현아는 고개를 위아래로 흔들며 어머니의 동의를 구했다.

어머니는 신기한 눈으로 박스를 바라봤다.

정말 현아의 말대로 박스가 활기 넘쳐 보였기 때문이다.

그리고 잠시 후.

"……."

두 모녀의 시선이 현성에게 꽂혔다.

"오빠, 뭔가 했지?"

"아니, 아무것도."

따지듯이 묻는 현아의 말에 현성은 피식 웃으며 대답했다. 그럼에도 현아는 의심스러운 눈초리를 지우지 않았다.

"흐음. 진짜?"

"그런 곳에 신경 쓸 여유가 있으면 가게 일이나 도와주지 그래? 아버지 혼자 바쁘시잖아."

현성은 가게 밖에서 손님들을 상대하고 있는 아버지를 바라보며 말했다.

"맞다! 나 소쿠리 찾으러 온 거였지, 참."

"아, 내 정신 좀 봐. 재고를 꺼내러 왔는데……."

그제야 두 모녀는 자신들이 가게 안에 들어온 이유를 생각해냈다. 오후 시간이 되면서 시장에 손님들이 유입되기 시작했다.

그 때문에 가게 밖에 진열해 놓은 채소와 과일들이 부족해졌다. 그래서 부족한 채소 및 과일과 소쿠리를 가지러 가게 안으로 들어왔던 것이다.

어머니와 현아는 허겁지겁 소쿠리와 과일들을 가지고 가게 밖으로 나갔다.

'이런이런…….'

그런 가족들을 바라보며 현성은 살짝 쓴웃음을 지었다.

앞으로는 지금보다 훨씬 바빠지게 될 것이다. 자신이 새겨 넣은 마법진 덕분에 사람들이 몰려들게 될 테니까.

가게 앞을 지나가던 사람들은 일루전 마법진의 영향으로 한 번씩 가게 앞에 진열되어 있는 채소와 과일을 쳐다보게 될 것이고, 부모님 가게의 채소와 과일들을 한 번이라도 먹어본 사람은 알게 될 것이다.

채소와 과일들의 맛이 좋고 몸에 활력이 솟아난다는 사실을.

그런 사실들은 머지않아 아줌마들 입에 오르락내리락할 터였다.

그리고 아티팩트를 제작하는 작업이 끝났다고 해도 현성은 당분간 가게의 상황을 지켜보면서 소쿠리에 새긴 마법진 및 채소와 과일에 마나를 주입하는 일을 계속할 생각이었다.

'이제 남은 건 기다리는 일뿐이지.'

현성은 며칠 지나지 않아 가족들의 얼굴에 미소가 걸릴 거라 믿어 의심치 않았다.

그로부터 약 3일이 지났다.

현성의 예상대로 며칠 지나지 않아 가게는 대박이 났다.

"아저씨! 여기 밀감 한 소쿠리 주세요!"

"아유 아줌마! 여기 대파 두 단 주세요!"

가게 앞은 손님들로 문전성시를 이루고 있었다.

"예, 갑니다! 잠시만 기다려 주세요!"

아버지와 어머니는 정신없이 손님들에게 채소와 과일들을

팔았다. 가게가 바빠지자 현아 또한 팔을 걷어붙이고 하루 종일 가게 일을 도왔다.

현성도 손님들이 몰리자 가게 안을 부지런히 돌아다니며 물건들을 옮겨다 날랐다.

눈코 뜰 새 없이 바빴지만, 부모님의 얼굴에는 미소가 걸려 있었다. 장사가 잘되고 있는 탓에 그동안의 근심걱정들이 날아가 버린 것이다.

그리고 부모님의 가게에 손님들이 몰려오면서 자연스럽게 침체되어 있던 시장 경제가 활성화되기 시작했다.

이전에는 시장 자체에 오고 가는 사람들이 손에 꼽을 정도였는데, 지금은 꽤 많은 사람들이 시장에 찾아왔기 때문이다.

그 덕분에 시장 안에 있는 음식점들이나 노점상들도 덩달아서 매출이 뛰어올랐다.

"여기 있습니다. 안녕히 가세요!"

계산을 끝내고 가게를 떠나는 손님에게 현성은 미소를 지으며 말했다.

그렇게 온 가족이 채소 장사를 하면서 미소가 떠나가지를 않았다.

*　　　*　　　*

다음 날.

현성은 이른 아침부터 집을 나서고 있었다.

"장사가 대박을 터뜨려서 다행이군."

예상대로 아티팩트 덕분에 부모님 가게는 대박을 터뜨렸다.

그 때문에 현성은 이제 더 이상 부모님의 가게를 봐주지 않아도 괜찮을 거라 생각했다.

"나 혼자 빠져나온 게 좀 걸리지만 어쩔 수 없지."

현성은 가게 일을 떠올리며 살며시 미소를 지었다.

비록 일손이 모자를 정도로 바쁘기는 했지만, 부모님들과 현아의 얼굴에서 미소가 사라지지 않았다. 그만큼 손님들이 몰려왔다는 사실에 기뻐하고 있었던 것이다.

'이제 한국 지부 마법사들에게 마법을 가르쳐야 할 때가 온 것 같군.'

이미 현성은 서진철 관장에게 며칠간 쉬겠다고 양해를 구해놓았다.

그리고 부모님 채소 가게의 장사가 궤도에 오른 현재 박물관을 그냥 내버려 둘 수 없었다.

며칠 전, 서진철 관장과 거래를 한 것을 지키기 위해 현성은 박물관으로 발걸음을 재촉했다.

"……."

인천 역사 유물 박물관의 지하 수련장.

지금 현성의 눈앞에는 우선적으로 마법 지식을 배우기 위해 한국 지부 마법사들이 모여 있었다.

현재 그들의 분위기는 미묘했다.

'위에서 이야기를 들었지만 설마 진짜 이런 꼬마일 줄이야…….'

'이런 어린 애가 정말 4클래스 마스터라고?'

그들은 현성을 바라보며 미덥지 않은 표정을 짓고 있었다.

아직 현성이 머리에 피도 안 마른 고등학생이었으며, 일부는 현성이 능력과 목적을 숨기고 박물관에 들어왔다는 사실에 안 좋은 시선을 보내기도 했다.

그리고 그런 마법사들 중에서 특히 현성을 못마땅하게 보고 있는 인물이 있었다.

"웃기겠군. 이런 꼬마가 우리들을 가르친다고?"

지금 현성 앞에서 기가 막힌다는 얼굴로 서 있는 사내의 이름은 이재화.

나이는 20대 후반으로 화염 속성 마법이 특기인 자였으며, 이제 2클래스를 마스터하고 3클래스를 바라보고 있는 인물이었다. 그리고 성격이 불같은 자였다.

"무슨 불만이라도 있습니까?"

"불만? 그걸 지금 말이라고 하나?"

이재화는 기가 막힌다는 얼굴로 대답했다.

지금 이 자리에는 이재화 말고도 열 명이 넘는 인원이 있었다. 서진철 관장이 직접 추려서 일차적으로 현성에게 마법을 배울 인원들이었다.

그들 중에는 현성이 익히 알고 있는 이 대리도 있었으며, 얼마 전까지만 해도 스승 노릇을 하고 있던 서유나도 있었다.

그 외의 인물들은 뒷짐을 진 채 현성과 이재화를 지켜보고 있었다.

이 자리에 모여 있는 인물들은 전부 현성이 4클래스 마스터 마법사라는 이야기를 들었다.

얼마 전 현성이 5서클을 마스터했지만, 아직 그 사실을 알리진 않았다.

굳이 알려줄 생각이 없었기 때문이다.

그리고 이 대리와 서유나를 제외한 인물들은 전부 이재화와 비슷한 생각을 갖고 있었다.

'아직 스무 살도 안 된 인간이 4클래스 마스터라니. 도저히 믿을 수 없다!'

비록 현성이 4서클 마스터라는 이야기를 듣긴 했지만, 도저히 그 말을 믿을 수 없었다.

4클래스 마스터가 어떤 경지인가?

현재 한국 지부의 지부장 서진철 관장보다 더 높은 경지였다.

그런 경지에 있는 자가 새파랗게 어린 소년이라니?

그 때문에 지금 그들은 불신감이 섞여 있는 흥미로운 눈으로 현성과 이재화를 바라보고 있었다.

이재화의 도발 덕분에 현성이 4서클 마스터인지 아닌지 판가름할 수 있을 테니까.

"나는 당신들을 가르치는 자격으로 이 자리에 서 있습니다. 스승으로서의 예우를 갖추는 게 어떻습니까?"

"하? 스승?"

현성의 말에 이재화는 비웃음을 흘렸다.

지금 현성이 4서클 마스터인지 아닌지조차 긴가민가하고 있는 마당에 스승 선언이라니.

"네가 우리들 앞에서 스승이라 칭하고 싶다면 증명부터 해 봐라!"

이재화는 설령 현성이 정말 4서클 마스터라고 할지라도 인정할 생각이 없었다.

그는 성격이 불같은 데다 자존심까지도 높았다.

'흥! 이런 대가리에 피도 안 마른 놈한테 머리를 숙일 수야 없지.'

"파이어 버드!"

기어코 이재화는 사고를 쳤다.

2클래스 화염 마법 파이버 버드를 시전한 것이다.

자신의 머리 위로 화염으로 이루어진 세 마리의 새를 만들어낸 이재화는 의기양양한 얼굴로 현성을 바라봤다.

'쯧쯧. 어리석은…….'

하지만 그 모습을 본 현성은 그저 혀를 찰 뿐이었다. 그리고 담담히 마법을 시전했다.

"파이어 이글."

그러자 이번에는 현성의 머리 위로 화염으로 이루어진 거대한 독수리 한 마리가 모습을 드러냈다.

이재화가 만들어낸 파이어 버드보다 족히 세 배는 컸다.

파이어 버드보다 한 단계 위인 3클래스 화염 마법이었다.

"헛!"

현성이 파이어 이글을 시전하자 이재화는 놀란 표정을 지었다. 그리고 그 장면을 본 모든 마법사들도 술렁였다.

현성이 갑자기 3클래스 마법을 시전할 줄은 몰랐으니까.

하지만 아직 놀라기에는 일렀다.

파이어 이글이 날카로운 울음소리를 지르며 파이어 버드들을 잡아먹기 시작한 것이다.

"마, 말도 안 돼……."

이재화는 그 모습을 멍한 얼굴로 바라봤다.

마법이 다른 마법을 잠식하다니!

현성을 제외하고 지금 이 자리에 있는 마법사들의 상식으로는 이해할 수 없는 현상이었다.

"우, 웃기지 마라! 이딴 아티팩트로 시전한 마법 따위 누가 인정할 줄 알고!"

조금 전 파이어 이글이 파이어 버드를 잡아먹는 믿기지 않는 장면을 봤음에도 불구하고 이재화는 말도 안 되는 고집을 부렸다. 아니, 애초에 현성이 아티팩트를 사용하여 마법을 시전하지 않았다는 사실을 알면서도 이재화는 인정하지 않았다.

"파이어 랜스!"

이재화는 자신이 가지고 있는 화염계 속성 아티팩트를 사용하여 3클래스 화염계 마법을 시전했다.

이재화가 자랑하는 최강의 화염계 마법이었다.

"어떠냐! 나도 너와 똑같이 3클래스 마법을 시전했다! 이것을 막아낼 수 있을까!"

이재화는 승리를 확신하는 얼굴로 소리쳤다.

하긴, 그럴 수밖에.

3클래스 마법 파이어 랜스는 현대의 마법 중에서 손에 꼽히는 파괴력을 가지고 있었다.

이재화의 근거 없는 자신감은 바로 여기서 나온 것이다.

"장난은 이쯤 하도록 하죠."

하지만 현성은 흥미를 잃은 얼굴로 심드렁하게 대꾸한 후, 3클래스 마법을 시전했다.

"디스펠."

파앗!

현성이 디스펠을 발동시키자 이재화가 자신 있게 소환한 화염의 창이 흔적도 없이 사라졌다.

비록 디스펠이 3클래스 마법이긴 하지만, 4서클 마나력으로 시전했으니 당연한 결과였다.

"뭐, 뭐야……?"

하지만 그 사실이 믿기지 않는 듯 이재화는 두 눈을 부릅떴다. 그리고 조금 전까지 위풍당당하게 불타오르고 있던 화염창이 사라져 버린 장소를 뚫어져라 바라봤다.

"언제까지 그곳을 보고 있을 겁니까?"

바로 그 순간 이재화의 등 뒤에서 현성의 목소리가 들려왔다.

'어, 어느 틈에……?'

이재화는 믿기지 않는 표정으로 등 뒤를 돌아봤다.

분명 현성은 자신의 눈앞에 있었지만, 지금은 등 뒤에 있었다.

"너, 넌 대체……."

"쇼크 웨이브."

터엉!

"크아악!"

이재화는 끝까지 말을 맺지 못하고 비명과 함께 튕겨져 나가더니 땅바닥을 몇 바퀴 굴러다녔다.

"……."

그 장면을 본 지하 마법 수련장에 모여 있던 마법사들은 할 말을 잃었다.

이재화는 자신에게 무슨 일이 생겼는지 잘 모를 것이다.

하지만 이재화를 제외한 이 자리에 있는 마법사들은 잘 알고 있었다.

현성이 공간 이동 마법으로 이재화의 등 뒤로 이동했다는 사실을. 그리고 3클래스 충격 마법인 쇼크 웨이브로 이재화를 튕겨냈다는 사실을 말이다.

그 모습을 본 마법사들은 온몸을 부르르 떨었다.

만약 자신들이 이재화처럼 패기만 믿고 나섰다가 똑같은 꼴을 당했을 거라는 생각이 들었으니까.

그뿐만이 아니었다.

그들은 또 다른 사실 때문에 경악하고 있었다.

'한 가지 속성이 아니다.'

이재화를 상대하면서 현성은 총 네 가지 계열 마법을 사용했다. 화염계, 충격계 그리고 단거리 마법 무효화 및 공간 이동 마법이었다.

그 때문에 이 대리와 서유나도 넋이 나간 얼굴로 현성을 바라보고 있었다.

다양한 속성의 마법이라니!

현대의 마법사들이 거의 대부분 한 가지 속성의 마법을 배우고 있다는 생각한다면 현성의 마법은 그야말로 경악 그 자체였다.

같은 4클래스 마스터라고 급이 달랐다.

"내 말에 불만을 가진 자가 또 있습니까?"

그 말에 마법사들은 바닥에 쓰러져 있는 이재화를 힐끔 바라봤다. 이재화는 바닥에 쓰러진 채 기절을 했는지 꼼짝도 하지 않고 있었다.

이재화는 자신들 중에서도 전투력이 강한 마법사였다.

화염 속성 자체가 공격적인 측면이 강한 데다가 이재화의 불같은 성격이 플러스되어 전투력이 높았다.

그런데 그런 그를 저렇게 손쉽게 기절시켜 버릴 줄이야!

"없습니다."

마법사들 중 한 명이 고개를 흔들며 말했다.

그러자 나머지 마법사들도 고개를 끄덕이며 동의했다.

그 모습을 본 현성은 만족스러운 미소를 지었다.

"좋습니다. 그럼 강의를 시작하도록 하지요."

그렇게 현성은 마법 협회 한국 지부의 지하 마법 수련장에서 이드레시안 차원계에 존재하는 마법의 가장 기초적인 이론을 가르치기 시작했다.

제 7 장

평범하지 않은 일상

"……."

자신의 방 안에서 현성은 조용히 눈을 떴다.

"아침 수련은 이쯤 해둘까."

이제는 하루의 일과가 되어버린 아침 마나 수련을 마치며 현성은 자리에서 일어나 기지개를 켰다.

"오늘 하루는 집에서 좀 쉬어야겠군."

오늘은 일요일이었으며 마법 협회 한국 지부의 마법사들에게 마법 지식을 가르치기 시작한 후, 처음 맞이하는 휴일이었다.

현성이 한국 지부의 마법사들에게 처음 마법 지식을 가르

첬을 때는 한마디로 말해서 피곤했다.

이재화와 같은 마법사들이 제법 있던 편이라 그들에게 자신을 인정시키기 전에는 강의를 시작하기 힘들었던 것이다.

그나마 이재화를 손봐준 덕분인지는 몰라도 대놓고 거부감을 드러내는 자들이 줄어들었던 것이다.

"이제 슬슬 마법 협회에서의 일이 안정기에 접어들기 시작했으니 말이야."

현성이 한국 지부 마법사들에게 마법 강의를 시작한지도 어느덧 나흘이 지나 있었다.

현성을 좋지 않게 보던 마법사들도 나흘이 지나자 몰라볼 정도로 시선이 바뀌었다.

하긴 그럴 수밖에.

현성이 가르치는 마법 지식이나 이론들은 현대 마법사들의 눈으로 보면 획기적이었다.

지금까지 써왔던 마법에 비해 마나 효율이 높았으며, 한두 가지 속성뿐만이 아니라 다양한 속성의 마법을 배울 수 있게 되었던 것이다.

당연히 현성을 바라보는 시선이 달라질 수밖에 없었다.

"그럼 밥이나 먹으러 가볼까."

현성은 현아가 깨우러 오기 전에 미리 방을 나섰다.

"일어났냐?"

거실에는 이미 아버지가 텔레비전을 보고 있었다.

"휴일인데 일찍 일어나셨네요."

"주말이라고 늘어질 수 없지 않느냐. 그리고 늦잠 자고 싶어도 못 잔다. 네 어머니가 잔소리를 해대니 말이야."

"하긴……."

아버지의 말에 현성은 쓴웃음을 지었다.

어머니는 주말이든 평일이든 상관없이 매일 일찍 일어나 주방에서 아침 식사를 준비하고 있으니 말이다.

늦어도 아침 식사 전에는 일어나 있어야 했다.

"현아는요?"

지금 이 시간이면 일어나 있을 현아의 모습이 주방에도, 거실에도 보이지 않자 현성은 아버지에게 질문했다.

"현아? 현아라면……."

"오빠!"

바로 그때 호랑이도 제 말 하면 온다고 현아가 허겁지겁 거실로 뛰어 들어왔다.

그리고 현성을 보더니 호들갑을 떨었다.

"오빠한테 손님이 왔어."

"나한테?"

현아의 말에 현성은 의아한 표정을 지었다. 이른 아침부터 자신을 찾아올 손님이 있을 리 없었기 때문이다.

"흐흥… 여자 목소리던데?"

현아는 어딘가 마음에 들지 않는 듯 기분이 좋지 않은 표정으로 현성을 바라봤다.

조금 전 현아는 초인종 벨소리가 울리자 인터폰으로 집에 찾아온 사람과 이야기를 나눴다.

그리고 집으로 찾아온 손님이 현성과 아는 사이라는 사실을 알아냈다.

거기다 현성을 찾아온 손님은 고운 목소리를 가진 여자였다!

"여자 친구?"

"나한테 여자 친구가 어디 있냐?"

현성은 대수롭지 않은 표정으로 말했다.

그러자 현아의 표정이 조금 전보다는 확실히 풀렸다.

"아무튼 오빠를 찾아 온 손님이니까 어서 나가봐. 대문 열어줬으니까."

"응."

현아의 말에 현성은 거실에서 현관문 쪽으로 발걸음을 옮겼다.

똑똑똑.

그때 현관문을 두드리는 소리가 들려왔다.

"네, 갑니다."

현성은 발걸음을 빠르게 옮기며 현관문을 열었다.

"……"

현관문 밖에 서 있는 인물을 확인한 현성은 잠시 침묵했다.

쾅!

그리고 현관문을 다시 도로 닫아버렸다.

"현성 군! 왜 문을 다시 닫는 거죠? 어서 여세요, 어서!"

"좋은 배짱이다. 역시 나의 유혹을 뿌리친 남자답군."

"잠깐, 지금 그냥 넘어갈 수 없는 소리를 들은 것 같은데요?"

현관문 바깥에서 들려오는 현성은 골치가 지끈거렸다.

'저 여자들이 왜 우리 집에……'

현성은 머리가 아픈 얼굴로 이마를 손으로 짚었다.

이유가 어찌 되었든 아직 추운 겨울 아침 시간에 집으로 찾아온 손님들을 이대로 둘 수 없었다.

끼이익.

"오랜만이에요."

현관문을 열자 이마에 핏대를 세우며 웃고 있는 여자가 보였다.

"네, 오랜만이네요. 최미현 씨."

현성의 눈앞에는 국정원 비밀요원인 최미현이 있었다.

"나도 있다."

어디 그뿐인가?

인천 역사 유물 박물관의 관장 서진철의 딸이자, 한때 현성의 마법 스승이었던 인물.

불과 얼마 전에 현성을 유혹하려고 했던 서유나가 도도한 표정으로 당당히 서 있었다.

"……."

서유나와 최미현이 세트로 서 있는 모습에 현성은 절로 머리가 아파왔다.

"실례하겠어요."

거기다 그녀들은 현성의 동의도 없이 다짜고짜 집 안으로 들어오는 게 아닌가?

"안녕하세요? 아버님, 어머님."

"만나서 반갑습니다."

그녀들은 현관문에서 일어난 소동을 듣고 거실에 모여 있는 현성의 가족들에게 인사를 건넸다.

갑작스럽게 찾아와 인사를 건네는 그녀들의 모습에 아버지와 어머니는 어리둥절한 얼굴로 서유나와 최미현, 그리고 현성의 얼굴을 번갈아 쳐다봤다.

그리고 이내 조심스러운 얼굴로 입을 열었다.

"저기… 우리 현성이랑 아시는 분들인가요?"

"예. 현성 군에게 신세를 진 적이 있거든요."

"저는 현성… 군의 아르바이트 직장에서 일하고 있는 직원입니다."

"아, 그 인천 역사 유물 박물관 말이시죠?"

"예."

어머니의 질문에 최미현은 미소를 지으며 대답했고, 서유나는 차가운 표정으로 고개를 끄덕이며 대답했다.

"다름이 아니라 오늘 현성 군의 옆집으로 이사를 오게 되어서 인사차 들렸습니다."

"옆집이요?"

"예. 여기 선물 받으세요."

서유나와 최미현은 각자 준비한 선물을 아버지와 어머니에게 내밀었다.

"왼쪽 집에 이사를 온 서유나입니다."

"오른쪽 집에 이사를 오게 된 최미현이에요."

현성의 왼쪽 집에는 최미현이, 오른쪽 집에는 서유나가 이사를 온 것이다.

'좌 서유나, 우 최미현인가?'

살짝 쓴웃음을 지은 현성은 이내 생각에 잠겼다.

'그나저나 지금 이 시점에 이사라······.'

어째서 그녀들은 자신의 옆집으로 이사를 온 것일까?

그것은 지금 현성의 입장이 중요해져 있었기 때문이었다.

한국 지부에 있어서 현성은 황금알을 낳는 거위였다. 현성이 한국 지부 마법사들에게 강의하고 있는 마법 이론들은 더할 나위 없는 가치를 지니고 있었다.

서진철 관장은 대외적으로 3클래스 마스터라고 알려져 있었지만, 실은 4클래스 유저 마법사였다.

거기다 서진철 관장 또한 현성의 마법 이론 강의를 들었다.

그 덕분에 그 누구보다도 먼저 현성의 마법 이론이 중요하다는 사실을 간파하고 있었다.

그래서 서유나를 시켜 현성을 자신의 사람으로 만들려고 했지만, 결과는 대실패.

설마 자신의 자랑스러운 딸이 실패할 줄은 미처 생각하지 못한 일이었다.

'흠. 서진철 관장이 아직 포기하지 않은 건가?'

현성의 생각대로였다.

서진철 관장은 오히려 서유나의 유혹을 뿌리친 현성을 더 마음에 들어 했으며 이 정도로 물러설 생각이 없었다.

어떻게 해서든 서유나와 현성을 이어지게 만들 작정이었다.

그 일환으로 서유나를 현성의 옆집으로 이사를 가게 만든 것이다.

'그럼 최미현은 무엇 때문에 온 거지?'

대한민국 정보기관인 국정원의 비밀 요원이자, 국정원장의 딸인 최미현.

그녀는 요모기 쿠레하와 같이 사건에 연루되면서 마법 협회의 존재를 알게 되었다. 그 결과 국정원 내부에서 박물관을 담당하고 있는 부서로 인사이동을 했다.

이후 그녀는 인천 역사 유물 박물관과 우호관계를 맺으며 정보를 주고받거나 혹은 그들의 동향을 감시 하고 있었다.

이 와중에 서유나가 현성의 옆집으로 이사를 간다는 사실을 알게 된 것이다.

그 사실을 알게 된 최미현은 서진철 관장의 계획에 편승했다. 표면적인 이유는 최미현이 현성과 안면이 있는 탓에 어떻게든 접선을 하기 위함이었지만 실질적으로는 서유나와 같은 목적이었다.

그녀는 뉴 엘리트파의 비밀 아지트에서 혼자서 자신을 구한 현성을 마음에 들어 하고 있었으니까.

하지만 이러한 사실들과 그녀들의 마음이 어떤지 알 수 없는 현성으로서는 그저 골치만 아플 뿐이었다.

그녀들에 대해 가족들이 알게 되었으니 말이다.

그리고 이내 그 결과가 나타나기 시작했다.

"오빠……!"

가장 먼저 현아가 쌍심지를 켜고 현성을 노려본다. 지금 이게 무슨 일인지 설명하라는 표정으로.

그 모습에 현성은 식은땀을 흘렸다.

'나보고 뭘 어쩌라고…….'

지금 이 상황을 어떻게 설명해야 될지 현성은 막막했다.

하지만 아직 현아의 말은 끝나지 않았다.

"이 아줌마들은 대체 누구야?"

"아, 아줌……."

현아의 말에 최미현과 서유나의 이마에 혈관마크가 돋아

났다.

나이는 여자들에게 있어서 가장 민감한 사항.

그 부분을 현아가 건들이자 서유나는 얼음 같은 표정에 금이 갔고, 최미현은 애써 일그러지는 얼굴을 어색한 미소로 바로 잡으며 평소와 마찬가지로 정중하게 말했다.

"현성 군의 여동생이죠? 언니들은 아직 창창한 이십 대랍니다. 아줌마가 아니에요."

"스무 살이 넘으면 아줌마지. 아니긴, 홍!"

쩌저정!

"……!"

그녀들의 가슴에 일침을 날리는 현아의 한 방!

일순 그녀들은 몸이 경직됐다.

'강적이다.'

그녀들은 설마 현성의 곁에 현아와 같은 강적이 있을 줄은 생각하지 못했다.

'설마 이 여자 외에도 저런 방해물이 있었을 줄이야!'

사실 그녀들은 서로를 견제하고 있었다.

아니, 정확하게는 최미현이 서유나를 견제하고 있었다.

그녀가 상대하기에 서유나는 모든 면에서 우월했다.

서유나는 같은 여자인 최미현이 보기에도 아름다운 미모와 부러운 몸매를 가지고 있었으니까.

거기다 새하얀 피부를 가진 혼혈 미녀라는 옵션까지 달려 있었으니 최미현의 입장에서는 자신이 밀린다는 이미지를 지울 수 없었다.

그리고 나이도 서유나보다 최미현이 많았다.

그 때문에 최미현은 쿠레하가 그리웠다.

'그녀가 있었다면 서로 도와주었을 텐데…….'

자신과 쿠레하가 연합하면 어떻게든 서유나를 상대할 수 있으리라.

하지만 쿠레하는 지금 현재 일본에서 요모기 연합을 이끌고 있었다.

언제 다시 한국으로 돌아올지 알 수 없었다.

'그렇다고 여기서 질 수야 없지!'

최미현은 다시 마음을 잡았다. 그리고 서유나를 바라보며 눈짓했다. 그런 그녀의 눈짓을 본 서유나는 고개를 끄덕였다.

지금 그녀들 앞에는 여동생이라는 공통의 적이 나타나 있었다. 그렇다면 지금 이 순간만큼은 서로 손을 잡아도 좋을 터.

적의 적은 동료라는 말도 있으니 말이다.

"시동생. 잠깐 언니들이랑 이야기 좀 할까?"

"누가 시동생이에요! 그보다 아줌마들 이제 인사하고 선물까지 주었으니 그만 돌아가는 게 어때요? 아니 그냥 돌아가세요. 오빠는 내거니까!"

현아는 현성의 등 뒤에서 고개를 살짝 내밀고 화가 난 고양이처럼 갸르릉거렸다.

'오빠가 저런 미인들과 아는 사이라니!'

한눈에 봐도 절로 감탄이 나오는 붉은색 눈을 가진 혼혈 미녀와 그녀보다는 살짝 못하지만 어지간한 연예인보다 예쁘고 탄탄해 보이는 몸매를 가진 미녀까지.

여동생으로서 자신의 자리가 위험하지 않은가?

그렇게 현아를 비롯한 최미현과 서유나는 티격태격 싸우기 시작했다.

그때 조용히 상황을 지켜보던 어머니가 현성의 옆에 다가왔다.

"현성아."

"예."

"저 중에서 진짜는 누구니?"

"그게 무슨 말이에요?"

"아니 얘는. 지금 노리고 있는 처자가 누구인지 묻고 있잖니, 호호호. 저기 붉은색 눈을 가진 아가씨냐? 아니면 저기 예의 바르게 보이는 활발한 아가씨냐?"

"……"

40대라는 나이에 걸맞지 않게 어머니는 초롱초롱한 눈으로 기대감이 가득 찬 시선으로 현성을 바라봤다.

여기서 손주는 언제 볼 수 있느냐라는 말을 듣지 않았다는 게 그나마 다행이라면 다행이라고 할 수 있을까.

현성은 뒷골이 아파왔다.

"아직 생각 없어요. 그보다 현아부터 말리는 게 어때요?"

현성은 최미현과 서유나를 상대로 지지 않고 말싸움을 하고 있는 현아를 가리켰다.

현아는 최미현과 서유나를 향해 아줌마라고 빠짐없이 꼬박꼬박 부르며 돌아가라고 소리치고 있었다.

이에 대항해서 최미현과 서유나는 현아를 시동생이라고 부르며 버티고 있는 중이었다.

"알겠다. 이 엄마한테 맡기렴."

그렇게 말한 어머니는 현아를 향해 다가갔다.

"호호호, 미안하네요. 이것이 아직 철이 없어서."

한창 말싸움을 하고 있는 세 여자의 곁에 다가간 어머니는 현아의 팔을 붙잡았다.

"앗, 엄마!

갑자기 어머니가 나타나 자신의 팔을 붙잡자 현아는 놀란 표정을 지었다.

그런 현아의 팔을 붙잡고 어머니는 거실 너머에 있는 주방으로 끌고 가기 시작했다.

"아, 안 돼! 이대로 놔두면 오빠가… 오빠가……!"

"자자, 오빠 방해하지 말고 아침 식사나 도우렴."

"으아앙."

그렇게 현아는 어머니에게 붙잡혀 주방으로 질질 끌려갔다.

'어머님, 나이스!'

뜻하지 않게 원군을 얻은 최미현과 서유나는 눈을 빛냈다.

"험험. 그럼 현성과 이야기 좀 나누세요."

그리고 현아와 어머니가 자리를 피하자 아버지도 눈치를 보더니 방으로 들어가려고 했다.

아버지마저 방으로 들어간다면 남는 건 최미현과 서유나, 그리고 현성뿐.

현성은 아버지를 뚫어져라 바라봤다.

'도와주십시오. 아버지!'

'뒤를 맡기마, 아들아.'

하지만 현성의 눈빛을 잘못 오해한 아버지는 엄지를 치켜들며 씩 웃어 보였다.

'아버지!'

그렇게 현성이 속으로 아버지를 부르고 있을 때.

딩동.

초인종 벨소리가 울려 퍼졌다.

방으로 들어가려고 발걸음을 옮기던 아버지는 초인종 벨소리에 인터폰을 들었다.

인터폰이 부모님 방 옆에 붙어 있는 탓에 아버지가 가장 가까이에 있었기 때문이다.

"누구요? 응? 누구라고? 현성이 친구?"

아버지는 집에 찾아온 누군가와 대화를 나눴다. 그리고 인터폰을 내리더니 현성을 바라봤다.

"현성아, 네 친구 왔다. 나가 봐라."

"친구요?"

아버지의 말에 현성은 의아한 표정을 지었다.

영재 고등학교로 전학을 온지 얼마 되지 않아 겨울방학을 맞이한 터라 친구를 사귈 겨를이 없었기 때문이다.

'대체 누구지?'

"잠시 소파에 앉아 쉬고 계세요."

현성은 거실에 있는 두 여인에게 말을 건넨 후 현관문으로 향했다.

"누구세……."

현관문을 열고 밖에 서 있는 인물을 확인한 현성은 차마 말을 끝맺지 못했다.

"헤이요, 나의 영원한 친구여. 그동안 잘 지냈는……."

쾅!

현성은 상대의 말이 끝나기도 전에 세차게 현관문을 닫아 버렸다. 그러자 현관문 밖에서 애절한 목소리가 절절하게 들려왔다.

"현성아! 형이 잘못했어! 문 좀 열어줘, 현성아!"

"하아……."

밖에서 들려오는 목소리에 현성은 한숨을 내셨다.

그리고 어쩔 수 없다는 표정으로 현관문을 다시 열었다. 아

무리 상대가 마음에 들지 않아도 이런 추운 겨울날 집에 찾아
온 손님을 마냥 밖에다 세워둘 수는 없었으니 말이다.

"오랜만입니다, 호걸 형님."

현성을 찾아왔다는 친구는 바로 남호걸이었다. 그리고 현
성을 찾아온 사람은 남호걸뿐만이 아니었다.

"아, 안녕하세요?"

남호걸 옆에 다소곳하게 서 있는 소녀 한 명이 있었다. 다
름 아닌 남호걸의 여동생인 남효연이었다.

남효연은 붉어진 얼굴로 현성의 눈도 마주치지 못한 채 안
절부절못하고 있었다.

"오랜만이구나."

"네."

현성은 물끄러미 남효연을 바라봤다. 남효연과 다시 만나
는 건 수개월 만이었다.

'이렇게 밖에서 보는 건 병원 이후 처음인가?'

병원에서 처음 봤을 때는 안색이 창백한 병자였지만, 지금
은 많이 건강해져 보였다.

이런 겨울날 바깥에 나올 정도였으니 말이다.

'몸 상태가 많이 좋아진 모양이군.'

하지만 차가운 바깥 공기가 남효연에게 좋을 리 없었다. 현
성은 남호걸과 남효연을 집 안으로 초대했다.

"안으로 들어오세요."

"감사합니다."

현성의 말에 남효연의 얼굴이 활짝 펴지며 집 안으로 들어왔다.

"그런데 용케도 찾아왔네요."

현성은 집 안으로 들어오는 남호걸을 바라보며 말을 걸었다.

"흥. 사나이 남호걸, 한 번 결정한 건 포기하지 않는 주의지."

남호걸은 의기양양한 표정으로 말했다.

하지만 사실 남호걸은 섭섭해 하고 있었다.

현성이 전학을 간 이후로 연락을 잘 해주지 않았던 것이다.

가끔 현성에게 전화를 걸어 이야기를 나누거나 했지만, 만나자는 약속만큼은 현성이 계속 거절해 왔으니까.

그도 그럴 것이 그동안 현성도 마법 협회 관련 일들로 바빴기 때문에 어쩔 수 없는 일이었다.

"연락이라도 하고 왔으면 마중을 나갔을 텐데 말입니다."

"마중은 무슨. 또 거절할 거면서."

남호걸은 피식 웃으며 대꾸했다.

어차피 미리 연락을 줘봤자 현성이 거절할게 뻔하다고 생각하고 있었으니까.

그래서 남호걸은 모험을 걸었다.

이미 현성이 어디서 살고 있는지 조사를 끝낸 상황이었다.

남은 건 남효연의 몸 상태뿐.

그리고 시간이 흘러 남효연의 몸 상태가 많이 좋아지자 겨울방학을 틈타 주말에 현성의 집으로 직접 쳐들어 온 것이다.

"죄, 죄송해요."

옆에서 현성과 남호걸의 대화를 듣고 있던 남효연은 민폐를 끼쳤다는 생각에 붉어진 얼굴로 고개를 숙였다.

"괜찮다."

현성은 남효연의 머리를 쓰다듬어주었다.

'……!'

그러자 남효연의 얼굴이 콕 찌르면 터질 것처럼 새빨갛게 달아올랐다.

'귀엽군.'

그런 남효연을 바라보면서 현성은 피식 미소를 지었다.

"누가 왔나요?"

"누구지?"

"……!"

그때 거실에서 등장한 최미현과 서유나를 본 남효연의 몸이 쩌저적 굳어졌다.

'아, 예쁘다……'

남효연은 최미현과 서유나를 넋을 놓고 바라봤다.

그녀들의 아름다운 미모에 시선을 빼앗겨 버린 것이다.

특히 그녀들의 특정 부위에서 시선을 떼지 못하던 남효연은 이내 자신의 몸을 내려다봤다.

'져, 졌다!'

그녀들과 자신을 비교한 남효연은 씁쓸한 패배감에 어깨가 축 늘어졌다.

"귀여운 아이네요. 시동생의 친구인가요?"

'시, 시동생?!'

털썩.

최미현의 말에 남효연은 자리에 주저앉고 말았다.

남효연은 현성에게 자기 또래의 여동생이 있다는 사실을 알고 있었다.

그런데 현성의 여동생을 시동생이라고 부르다니?

시동생이란 남편의 여동생을 아내가 부를 때 쓰는 호칭이 아닌가?

즉, 그 말은.

'겨, 결혼을 약속한 사이?'

남효연은 믿을 수 없는 눈으로 최미현을 바라봤다.

그때 최미현의 옆에 있던 붉은 눈의 미녀가 남효연을 바라보며 입을 열었다.

"흠. 시동생의 친구로는 보이지 않는군. 오히려 현성을 보러 온 것 같은데……?"

"……?!"

최미현에 이어 서유나까지 시동생 운운하자 남효연은 어

리둥절한 표정을 지었다.

두 명의 여인이 모두 현성의 여동생을 시동생이라고 부르고 있는 탓에 남효연은 상황을 이해할 수 없었다.

"누가 시동생이에요!"

그때 주방에서 현아가 튀어나오며 소리쳤다.

현아는 갸르릉거리며 최미현과 서유나를 노려봤다.

그리고 남효연과 시선이 마주쳤다.

"……."

현아는 최미현과 서유나를 바라본 후, 남효연을 머리끝까지 훑어봤다.

자신의 또래로 보이는 유약해 보이는 귀여운 소녀.

그리고…….

"동지!"

현아는 남효연을 손가락으로 가리키며 선언했다.

남효연과는 어딘가 모르게 동질감이 느껴졌던 것이다.

하긴 나이도 동갑인 데다 최미현과 서유나는 가지고 있지만, 현아와 남효연은 가지지 못한 것이 있었다.

'하아…….'

남효연 또한 현아를 보고 바로 알 수 있었다. 그녀와 현아는 신체의 특정 부위가 같았으니까.

'괜찮아. 나는 아직 어린걸. 아직 늦지 않았어!'

남효연은 자신을 격려했다. 하지만 그와는 반대로 마음속에서 눈물이 흐르는 건 막을 수 없었다.

거기에 현아가 결정타를 날렸다.

"절벽 연합에 온 것을 환영해요."

"저, 절벽이라고 말하지 마요!"

남효연은 세상을 다 산 것 같은 표정을 지었다.

그토록 보고 싶었던 현성을 만나러 왔건만, 설마 최미현과 서유나 같이 아름다운 미녀가 있었을 줄이야.

거기다 현성의 여동생은 완전히 복병이 따로 없었다.

'하아, 어떡해⋯⋯.'

현아의 말에 남효연은 완전히 풀이 죽어 버렸다.

그런 그녀에게 현아가 기운이 나는 한마디를 남겼다.

"괜찮아요. 오빠는 절벽 취향이니까."

"정말요?"

그 말에 의기소침해 있던 남효연은 화사한 미소를 지으며 현아를 바라봤다.

"⋯⋯."

현아와 남효연의 대화를 지켜보던 현성은 할 말을 잃은 표정을 지었다. 이제는 대꾸할 기력조차 생기지 않았다.

"나의 친우여. 설마 그대가 빈⋯ 크윽!"

그때 옆에서 헛소리를 지껄이려고 하는 남호걸의 발을 현성은 재빠르게 밟으며 봉쇄했다.

하지만 현성의 적은 남호걸뿐만이 아니었다.

"설마 현성 군에게 그런 취향이 있었을 줄은……."

"그렇군. 그래서 나의 유혹을 거부한 것인가?"

"잠깐. 지금 그냥 지나칠 수 없는 말을 또 들은 것 같은데요? 유혹이라니 그게 대체 무슨 소리죠?"

"흥. 네가 알 바 아니다."

서유나의 위험한 발언에 최미현이 태클을 걸으며 그녀들은 티격태격 싸우기 시작했다.

한쪽에서는 연상의 아름다운 누님들이 싸우고 있었고, 다른 한쪽에서는 현아가 남효연의 머리를 쓰다듬어주며 격해주고 있었다.

그리고 남호걸은 현성에게 발이 밟혔던 탓에 거실 바닥을 뒹굴고 있었지만 아무도 신경 쓰지 않았다.

'이게 대체 무슨 일인지…….'

모처럼 평화로운 휴일을 편안하게 쉬려고 했던 현성은 한숨을 내셨다.

설마 이런 식으로 자신의 휴일을 방해받을 줄은 생각지도 못한 일이었다.

하지만 현성은 아직 몰랐다.

진짜 곤란한 일은 이제부터가 시작이라는 사실을.

"……."

돌연 거실이 조용해졌다.

거실에 있던 모든 시선이 현성을 향한 것이다.

"오빠!"

"현성 군!"

"김현성."

"현성… 오빠……."

네 명의 여인이 현성을 찌르듯이 노려본다.

"오빠, 이제 어떻게 할 거야?"

그녀들 중 현아가 대표 격으로 말했다. 그리고 현아의 말을 동의하는 듯 세 명의 여인은 고개를 끄덕이며 현성을 바라봤다.

'아, 아니 그건 내가 오히려 묻고 싶은 말인데…….'

그녀들의 압도적인 시선에 현성은 자기도 모르게 식은땀을 흘렸다.

지금 같은 긴장감은 이드레시안 차원계에서 귀환한 후 처음으로 느끼는 것 같았다.

아니, 이드레시안 차원계에서조차 지금과 같은 긴장감을 느낀 적이 있었던가?

마족들과 전쟁을 하면서 최상급 마족과 전투를 했을 때도 지금처럼 긴장감은 느끼지 않았었다.

'허허허. 오늘은 마가 끼인 날이로구나!'

현성은 속으로 허탈한 웃음을 흘렸다.

"오빠!"

현아가 현성을 바라보며 재촉한다.

나머지 세 명의 여인도 뚫어져라 현성을 바라보고 있었다.

"그럼 나는 조깅이나 하러 가볼까."

"앗, 잠깐!"

결국 현성은 지금 상황에서 가장 무난한 결정을 내렸다.

바로 지금 이 자리에서 도망을 치는 것.

'레이포스! 트리플 맥시멈 헤이스트!'

현성은 신체강화술인 레이포스를 활성화 시킨 것도 모자라 헤이스트 마법까지 시전해 자신의 몸에 걸었다.

휘이잉!

눈 깜짝할 사이에 현성은 바람과 함께 거실에서 사라졌다.

"빠, 빠르다……."

상상을 초월하는 속도로 거실에서 현관문을 빠져나가는 현성을 바라보며 거실에 있는 모든 사람들은 멍한 표정을 지었다.

하지만 그것도 잠시.

거실에 남겨진 사람들은 서로를 바라봤다.

그리고 이내 현성의 집 거실에서는 매서운 폭풍이 몰아치기 시작했다.

제 8 장
환상의 섬

대한민국 서해.

망망대해 같은 바다 위에 섬이 하나 있었다.

섬의 위치는 딱 중국과 한국 사이에 있었으며, 크기는 거제도만 했다.

하지만 이 섬의 존재를 알고 있는 사람은 극히 일부였다.

섬 자체가 결계에 의해 숨겨져 있었기 때문이다.

그래서 이 섬을 알고 있는 사람들은 이렇게 불렀다.

환상의 섬이라고.

"김 소장님. 실험 준비 끝났습니다."

환상의 섬이라고 불리는 중심.

그곳에 하얀색 건물 하나가 세워져 있었다.

마법 협회 한국 지부에서 아티팩트 연구를 계속 하는 것은 위험하다고 판단되어 세운 비밀 연구소였다.

그리고 지금 연구소의 지하 5층 실험실에서 하얀색 가운을 걸치고 있는 연구원들이 아티팩트를 실험하기 위해 분주히 움직이고 있었다.

"마력 충전은 어떤가?"

"이미 충전이 완료되어 에너지 공급을 기다리고 있습니다."

한국 지부의 아티팩트 비밀 연구소 소장 김진혁의 질문에 윤태현 주임이 대답했다.

"흠."

윤 주임의 대답에 김 소장은 침음성을 흘리며 전방을 주시했다. 실험실은 하얀색 벽으로 들러 싸여 있는 거대한 방이었다.

그리고 그곳 중심에 높이 3미터 가로 2미터가 되는 거대한 거울이 세워져 있었으며, 김 소장은 강화 유리벽으로 막혀 있는 제어실에서 방 안을 내려다보고 있었다.

거울에는 갖가지 케이블이 연결되어 있었다.

"드디어 천부인의 비밀을 밝힐 때가 온 것인가."

"예. 정말 기대됩니다."

김소장 윤주임은 감격에 겨운 표정으로 거울을 내려다봤다.

지금 그들이 제어실에서 내려다보고 있는 거울은 단군신화에서 전해져 내려오는 천부인 중 하나인 청동거울이었다.

약 5년 전, 한국 지부의 마법사가 고대시대 유물을 찾기 위해 중국 골동품 가게들을 뒤지는 중 굉장히 오래되어 보이는 고서적을 발견했다.

이후, 고서적 해석을 진행하던 마법사는 경악할 만한 사실을 알게 된다.

바로 단군신화에 전해져 내려오는 천부인에 관한 내용이 기술되어 있었기 때문이다.

거기다 놀랍게도 천부인 중 하나의 위치가 있는 장소까지 비밀 코드로 숨겨져 있었다.

한국 지부는 당장 천부인을 찾기 위해 조사대를 파견했으며, 약 수 개월간의 수색 끝에 드디어 발견했다.

결계에 의해 숨겨져 있는 환상의 섬을 말이다.

"대체 이 청동거울은 누가 제작한 것일까요?"

"글쎄… 그것을 알기 위해 우리가 연구하고 있는 게 아닌가."

한국 지부가 발견한 청동거울은 환상의 섬 중심에 있는 제단에서 발견됐다.

처음 발견되었을 때의 청동거울은 지름이 약 25cm 정도인 원형 거울이었다.

지금 실험실에 있는 청동 거울은 사전에 미리 일정량의 마력을 주입하여 발동시켜 놓은 상태였다.

현대의 마법사들이 지니고 있는 유니크급 이상의 아티팩트들은 물질 변환이 가능했다.

고대의 오파츠(Out Of Place Artifacts:장소에 어울리지 않는 유물)와 현대 과학 기술을 접목 시켜 변환이 가능하게 만든 것이다.

하지만 경악할만 한 사실이 있었다.

청동 거울은 이미 자체적으로 물리 변환 능력을 가지고 있었으며, 겉보기에는 청동으로 만들어진 거울처럼 보였지만 연구실에서 조사한 결과 지구상에 존재하지 않는 물질과 구조로 이루어져 있다는 사실이 판명되었던 것이다.

"신화에 의하면 천부인은 하늘의 신인 환인이 아들인 환웅에게 하사한 것이라고 하지."

김 소장은 단군신화의 이야기를 떠올렸다.

단군신화에서 천부인은 환인이 환웅에게 지상세계를 잘 다스리라고 전해준 삼종 신기였다.

즉, 천부인은 하늘에서 내려왔다는 소리라고 할 수 있었다.

"하늘의 신이라… 확실히 저 청동거울은 인류의 과학을 초월한 물건이라는 사실은 틀림없습니다."

윤 주임은 흥분한 눈빛으로 청동거울을 바라보며 말했다.

지금까지 아티팩트 비밀 연구소에서는 청동거울을 가지고 다양한 실험을 해왔다.

청동거울의 강도와 경도는 지구상의 어떤 물질보다 단단했으며, 심지어 공업용 다이아몬드까지 능가했다.

하지만 다이아몬드는 금속이 아니라 광물이었다.

그리고 현재 지구상에서 가장 단단한 금속은 아모르퍼스 합금으로 알려져 있었다.

아모르퍼스는 한국어로 비정질이라고 하며 결정이 아니라는 의미다.

한국 지부 아티팩트 비밀 연구소는 지구상에서 가장 단단한 아모르퍼스 합금을 직접 제작해 청동거울과 비교 실험을 했다.

하지만 결과는 아모르퍼스 합금의 패배.

청동거울의 정체를 알 수 없는 재질은 인류의 과학이 만들어낸 초합금조차 능가했던 것이다.

하지만 여기까지는 대중적으로 알려진 일반 지식에 한해서였다. 지구상에는 알려진 사실보다 숨겨져 있는 것들이 더 많았다.

가령 예를 든다면, 지구상에는 아모르퍼스 합금을 능가하는 금속이 존재했다.

바로 전 세계에서 소량으로 발견된 정신 감응 금속 오리하

르콘이나, 매우 가벼운 무게에 아모르퍼스 합금조차 능가하는 강도를 지닌 보라색 금속인·아다만티움이었다.

이 두 가지 중 가장 단단한 금속은 아다만티움으로 무기로 만들면 마법 무시 효과가 있었으며, 방어구로 만들면 어지간한 마법 공격 따윈 가볍게 막을 수 있을 정도였다.

하지만 이 아다만티움조차 청동거울에 흠집조차 낼 수 없었다.

그야말로 미스터리가 아닐 수 없었다.

"하지만 이제 그 비밀을 밝힐 때가 온 거지."

김 소장은 흥미로운 눈으로 청동거울을 바라봤다.

지금까지는 청동거울의 재질이나 물질 구조를 조사했지만, 지금은 본격적으로 조사를 위한 실험을 할 예정이었다.

지금까지 발견된 아티팩트들은 현대 과학만으로는 정체를 밝혀낼 수 없었다. 하나, 여기에 마법이 들어서면서 그동안 숨겨져 왔던 아티팩트들의 비밀이 밝혀졌다.

아티팩트에 숨겨져 있는 능력을 마력을 이용하여 발현시켰던 것이다.

청동거울 또한 마찬가지일 터.

사실 아티팩트 비밀 연구소에서 청동거울을 조사한 것은 마력 공급 실험을 위한 사전 조사에 지나지 않았다.

그리고 지금, 아티팩트 비밀 연구소의 연구원들은 드디어 청동거울에 마력이나 전력을 공급할 실험 준비를 끝마쳐 놓왔다.

남은 건, 마력이나 전력 공급을 위한 실험을 시작하는 것뿐.

김소장과 윤주임뿐만이 아니라, 청동거울을 연구하고 있는 모든 연구가들은 청동거울에 마력을 공급하게 되면 무슨 일이 생기게 될지 흥분을 감추지 못하고 있었다.

"이제 곧 실험을 시작할 예정이니 모든 연구원들을 실험실에서 대피시켜라."

"알겠습니다."

드디어 실험을 시작할 모양인지, 청동거울이 있는 곳에서 작업을 하던 연구원들이나 기술자들을 철수시켰다.

마력 공급을 시작했을 때 무슨 일이 생길지 아무도 알 수 없었으니 말이다.

"마력 공급 장치 올 그린."

"비상 발전 장치 스탠바이."

"시스템 올 클리어."

실험실과 제어실에서 여러 가지 기계가 돌아가는 소리가 들려왔다.

"마력 공급 개시!"

드디어 김 소장의 명령이 떨어졌다.

"마령 공급 개시합니다."

"마력 공급율 10%, 20%… 이제 곧 50% 입니다!"

제어실에 있는 여성 오퍼레이터들이 모니터 화면에 띄워져 있는 파라메타 수치들을 확인하면서 분주히 콘솔을 두드렸다.

콘솔은 관리자가 시스템 상태를 확인하거나 각종 업무를 처리하기 위한 컴퓨터 단말 장치였다.

"지금까지는 순조롭군."

마력 공급은 어느새 80%를 넘어서고 있었다.

어느새 김 소장의 손에는 땀이 배어져 나왔다.

하지만 유감스럽게도 아직까지 청동거울에는 이렇다 할 변화가 없었다.

"마력 공급율 90% 돌파 합니다! 92%, 95%… 100%! 지금 마력 공급이 100% 돌파했습니다!"

"상황은?"

"아직 변화 없습니다!"

"큭……."

김 소장은 이를 악물었다.

마력 공급이 100%가 되었건만 아무 변화가 없다니.

'실험은 실패인가? 아니…….'

"비상 발전 장치를 가동시켜라. 지금 상태에서 전력을 공급시켜!"

"네? 하지만 그것은 위험하지 않습니까?"

김 소장의 말에 윤 주임이 실험의 위험성을 제기했다.

지금 청동거울에는 마력이 100% 공급되고 있는 상황이었다. 거기에 전력까지 더하게 되면 무슨 일이 생길지 알 수 없었다.

"잔말 말고 내 말대로 해! 이대로 실험을 실패로 끝내고 싶나!"

하지만 김 소장은 윤 주임의 말을 묵살해버렸다.

이대로 실험을 끝낼 수 없었다.

그리고 윤 주임 또한 마음 한 편에서는 김 소장과 똑같았다.

그 또한 마법사이며 아티팩트 연구가였으니까.

지금 실험을 포기하고 싶지는 않았다.

"실험 재개합니다! 전력 공급 스탠바이!"

"전력 공급 개시!"

"전력 공급 개시 합니다!"

김 소장의 명령에 여성 오퍼레이터들은 청동거울에 전력까지 공급하기 시작했다.

"전력 공급 50%, 75%, 85%……."

그 순간.

비잉 비잉!

제어실의 전원이 일제히 내려가더니 붉은색 비상등이 켜졌다.

그리고 여성 오퍼레이터의 비명과도 같은 보고가 이어졌다.

"시스템에 이상 발생!"

"무슨 일인가!"

김 소장은 모니터에 떠오른 수치들을 확인했다.

"이, 이건……."

전력 공급이 시작된 순간 모든 수치들이 제멋대로 날뛰며 폭주하고 있었던 것이다.

"대체 무슨 일이… 헉!"

모니터 화면을 확인하고 청동거울 내려다본 김 소장은 경악스러운 표정을 지었다.

그리고 그것은 김 소장만이 아니었다.

윤 주임을 비롯한 여성 오퍼레이터들과 연구원 및 기술자들도 믿기지 않는 청동거울을 바라보고 있었다.

"윤 주임, 저게 보이나?"

"네… 징말 신비스럽군요……."

김 소장의 말에 윤 주임은 넋이 나간 목소리로 대답했다.

지금 청동거울의 반사면은 심연 같은 어둠으로 칠해져 있었다.

"설마 청동거울은……."

청동거울의 변화를 본 김 소장은 한 가지 가설이 떠올랐다.

하지만 그 생각은 끝까지 이어지지 못했다.

불쑥.

"……!"

칠흑 같이 어두운 청동거울의 반사경에서 거무튀튀한 검은색의 무언가가 튀어나왔으니까.

"저, 저게 뭐야……?"

그것은 보는 순간 자기도 모르게 혐오감이 느껴지는 이질적인 무언가였다.

그리고 잠시 후.

아티팩트 비밀 연구소 지하 5층에서 끊임없는 비명 소리가 울려 퍼지기 시작했다.

＊　　　＊　　　＊

그로부터 사흘 후, 인천 역사 유물 박물관의 관장실.

"아직 연락이 없나?"

서진철 관장은 고민이 많은 표정으로 의자에 앉아 있었다.

"예. 여전히 비밀 연구실로부터 연락이 오지 않고 있습니다."

"흠……."

서진철 관장은 지금 자신의 앞에 서 있는 기획운영과 과장인 이성재의 말에 턱을 쓰다듬으며 생각에 잠겼다.

대한민국 서해에 있는 환상의 섬.

그곳에 비밀리에 건설해 놓은 아티팩트 비밀 연구실로부터 연락이 두절된 지 벌써 사흘이 지났다.

매일 하루에 한 번씩 경과보고가 와야 오는데 사흘이나 오지 않았던 것이다.

그래서 이쪽에서 연락을 해봤지만 아무도 응답하는 사람이 없었다.

"골치 아프군. 대체 왜 연락이 두절된 건지……."

"관장님. 벌써 사흘이 지났습니다. 이제 더 이상 기다릴 수 없습니다. 한시라도 바삐 조사대를 파견해야 된다고 생각합니다."

이성재 과장은 어두운 표정으로 안경을 밀어 올리며 말했다.

"알고 있네. 하지만 자네도 그곳이 어떤 장소인지 알고 있지 않나? 너무 위험해."

서진철 관장은 고개를 흔들었다.

환상의 섬은 인공위성으로도 찍히지 않는다.

오로지 직접 결계를 뚫고 들어가야 볼 수 있는 섬이었다.

그 때문에 환상의 섬이라는 이름이 붙은 것이다.

그리고 아티팩트 연구소와 연락이 되지 않는 현재 환상의 섬에서 무슨 일이 생겼는지 알 수 없었다.

하지만 정작 문제는 그런 것이 아니었다.

환상의 섬에 있는 마법 협회 한국 지부의 비밀 연구소에는 신화급 아티팩트뿐만이 아니라, 그 외 특히 위험성이 높다고 판단되는 아티팩트들을 보관하고 있었다.

그중에는 초고대 문명이 남겨놓은 병기 같은 아티팩트도 존재했다.

비밀 연구소에 있는 아티팩트들은 전부 현대 과학을 초월하는 것뿐이었다.

만약 그것들 중 하나가 작동을 하기라도 한다면 최악의 사태에 직면한다.

어지간한 도시 하나쯤은 반나절 만에 전멸시킬 수 있을 정도로 막강한 전투력을 가지고 있었기 때문이다.

그 때문에 거의 대부분 지하에 봉인을 시켜놓고 있었다.

비밀 연구소와 연락이 끊긴 지금 그곳에서 과연 어떤 일이 일어나고 있을지 짐작조차 할 수 없었다.

"하지만 이대로 마냥 기다리고만 있을 수는 없습니다. 그리고 근래 들어 일본 지부의 움직임이 심상치 않습니다. 아직 환상의 섬이 있는 위치를 정확히 파악하진 못한 듯하지만 착실하게 찾고 있는 중이니까요."

"흠……."

이성재 과장의 말에 서진철 관장은 생각에 잠겼다.

마법 협회 일본 지부는 환상의 섬이 있는 위치를 찾기 위해 혈안이 되어 있었다.

왜냐하면 그곳에 일본이 원하는 중요한 물건이 숨겨져 있었으니까.

"일본원숭이들에게 천부인을 절대 넘겨줄 수는 없지."

"관장님. 그럼 그 소년을 보내는 게 어떻습니까?"

"그 소년? 아, 그렇군."

조금 전까지 어두운 표정이었던 서진철 관장의 얼굴이 밝아졌다.

아티팩트 연구소의 연락이 두절된 현재, 그곳이 얼마나 위험한지 알 수 없었다.

그런 곳에 섣불리 조사대를 파견했다가 전멸할 수도 있었다. 서진철 관장은 아까운 인재들을 잃고 싶지 않았다.

하지만 지금, 한국 지부에서 유명세를 타고 있는 그 소년이라면……!

"묘안이군. 김현성 군이라면 믿을 만하지."

서진철 관장은 입가에 미소를 지었다.

확실히 현성이라면 지금 같은 위험한 임무를 성공시킬 수 있으리라.

"하지만 현성 군이 이번 임무를 수행하려고 할까요?"

"그건 나한테 맡기게. 내가 설득해 보도록 하지."

"알겠습니다."

그렇게 서진철 관장과 이성재 과장은 이야기를 끝냈다.

"그럼……."

이성재 과장은 서진철 관장에게 꾸벅 고개를 숙이고 관장실을 나섰다. 남은 건, 현성을 불러 환상의 섬을 조사해 달라고 이야기를 하는 것뿐.

하지만 그들은 모르고 있었다.

환상의 섬에 있는 아티팩트 비밀 연구소에서 그들이 생각하고 있는 최악의 사태 이상의 일이 일어나고 있다는 사실을 말이다.

*　　　*　　　*

"……."

날카롭게까지 느껴지는 차가운 바람이 몸을 스치고 지나간다. 그 속에서 현성은 조용히 눈을 떴다.

고공(高空).

가장 먼저 푸른 하늘과 하얀 구름이 보였으며, 발밑으로 까마득하게 보이는 건물들이 보였다.

지금 현성은 2클래스 투명 마법 인비지빌리티로 모습을 숨기고, 3클래스 마법 플라이로 하늘을 날고 있었다.

"이제 6서클 완성도 얼마 남지 않았군."

광활한 하늘을 거닐며 현성은 만족스러운 미소를 지었다.

마법 협회의 마법사가 지금 현성이 하는 말을 들었다면 아마 기절할 만큼 놀랄 것이다.

현대에 6서클을 마스터한 마법사가 과연 존재하고 있는지조차 미스터리였으니까.

그런데 이제 6서클 완성이 얼마 남지 않았다고 현성은 말하고 있었다.

그리고 그것은 얼마 전 현성이 한 가지 실험을 한 결과였
다.

지상에서는 마나의 농도가 옅었다. 그래서 현성은 어느 날
높은 상공의 마나는 어떤지 알아보기 위해 실험을 했다.

그 결과, 예상 이상의 수확을 얻었다.

지상보다 마나의 농도가 비교적 높았던 것이다.

'그래봤자 큰 차이는 없지만 말이야.'

현성은 살짝 쓴웃음을 지었다.

이미 한번 현성은 현대에서 다시 깨어난 후, 플라이 마법으
로 하늘을 날아본 적이 있었다.

그때는 아버지가 병원에 입원해 있다는 사실에 다른 쪽으
로 신경을 쓸 여유가 없었으며, 지금만큼 고공을 날지 않았
다.

그 때문에 마나의 차이를 알 수 없었다.

하지만 얼마 전, 행한 실험의 결과 지상보다 상공의 마나가
밀도가 높다는 사실을 알게 되었다.

이후, 현성은 마나 서클을 완성하기 위해 상공에서 수련을
시작했다.

그리고 끝도 없이 펼쳐진 하늘에서의 수련은 현성에게 시
원한 해방감을 가져다 주었다.

또한, 마나 서클 수련뿐만이 아니라 기존 마법 수련도 병행

하고 있었다. 이드레시안 차원계에서 지냈을 때는 크라우스의 몸으로 마법을 자유자재로 사용했었지만, 현대의 몸으로는 마법을 그리 많이 사용하지 않았으니까.

그 예로 현재 현성은 헤이스트 마법을 자신의 몸에 세 번밖에 쓸 수 없었다. 몸에 부하가 걸리기 때문이다.

하지만 크라우스의 몸이었다면, 세 번이 아니라 열 번을 시전해도 몸에 부하가 전혀 걸리지 않았다.

아직 수련이 부족하다는 증거였다.

"하지만 이제 조금이다. 머지않아 본래의 힘을 되찾게 되겠지."

이드레시안 차원계에서 크라우스 몸 안에 있을 때 현성은 고속 전투 마법 스타일이었다.

주로 근접 전투 마법을 사용한 탓에 이드레시안 차원계에서 사람들은 현성을 배틀 매지션이라고 불렀다.

적어도 그 시절의 자신까지 정도는 강해져야 했다.

그래야 자신의 목적 중의 하나인 9클래스를 마스터할 길이 보일 테니까.

그러기 위해서 현성은 마나 서클뿐만이 아니라 전반적인 훈련이 필요하다고 느꼈다.

위이잉.

그때 현성의 주머니 속에 들어 있던 스마트폰이 진동했다.

현성은 스마트폰을 꺼냈다.

"음? 무슨 일이 생긴 건가?"

스마트폰에는 인천 역사 유물 박물관의 문자가 와 있었다. 긴급을 요하는 일이 있으니 서둘러 와달라는 내용이었다.

"블링크."

문자를 확인한 현성은 상공을 날면서 단거리 공간 이동 마법인 블링크를 시전했다.

한 번이 아니라 몸이 버티는 한 연속으로.

그렇게 현성은 최대한 빠르게 이동을 하며 박물관으로 향했다.

*　　　*　　　*

"어서 오게."

이미 인천 역사 유물 박물관 관장실에서 서진철 관장이 현성을 기다리고 있었다.

서진철 관장은 현성을 환영했다.

"오랜만입니다."

관장실에 도착한 현성은 서진철 관장에게 웃으며 인사를 건넸다.

"자리에 앉게나."

"감사합니다."

현성은 관장실에 마련되어 있는 소파에 편하게 몸을 기대며 앉았다.

"그래, 요즘 근황은 어떤가?"

"마법 협회에 대해 놀라고 있을 뿐이죠. 이렇게 현대적인 조직인 줄은 몰랐으니까요."

현성은 쓴웃음을 지으며 대답했다.

한국 지부에서 정식 마법사로 인정받기 전에는 여러 가지 제약이 있어서 제대로 둘러보지 못했다.

하지만 정신우를 체포하고 자신의 실력을 드러낸 후, 한국 지부의 인정을 받고 난 다음에는 제약이 풀렸다.

자유로이 박물관의 시설을 둘러본 현성은 혀를 내두르지 않을 수 없었다.

마법 협회라는 조직이 생각보다 굉장히 현대화되어 있었으니까.

"하지만 초고대 문명이 남긴 마법은 현대의 마법과 과학조차 뛰어넘고 있지. 아직 현 인류가 알지 못하는 고대 유적 속에 잠겨 있는 비밀들이 많으니까 말이야."

"그렇습니까?"

"그리고 인류의 과학을 초월한 기술로 만들어진 아티팩트도 있다네. 어쩌면 초고대 문명은 마법만 발달한 게 아니라 과학력도 현 인류보다 더 발전했다는 가설도 나오고 있지. 실제로 아티팩트 연구로 새로운 기술을 개발한 경우도 있으니 말이야."

"재미있군요."

서진철 관장의 말에 현성은 흥미로운 표정을 지었다.

고대시대에 마법뿐만이 아니라 과학마저 발달해 있었다니?

정말 흥미롭지 않은가?

사실 현성이 살고 있는 세계는 세간에 알려진 과학기술보다 훨씬 더 발전해 있었다.

고대 유적에서 발견한 아티팩트들은 연구한 결과 세계 강대국의 정부나 마법 협회 지부에서 마법과 연관된 과학 기술들을 개발해 오고 있었던 것이다.

문제는 그 대부분이 군사기술 쪽이라는 사실이었지만.

"이번에 자네를 부른 것은 한 가지 부탁할게 있어서네."

"부탁이요?"

서진철 관장의 말에 현성은 쓴웃음을 지었다.

지난번 서진철 관장이 부탁을 했었던 일은 1클래스 유저 마법사를 체포하는 일이었다. 하지만 결국 3클래스 마스터 마법사를 잡는 큰일이 되고 말았다.

그 덕분에 결국 자신의 정체까지 밝히게 되지 않았던가?

처음 서진철 관장이 말한 것처럼 간단한 일이 아니었다.

그런데 부탁이라……

"무슨 일이 생겼습니까?"

"자네는 아티팩트에 대해 어디까지 알고 있나?"

"초고대 문명이 남긴 오파츠라고 알고 있습니다. 현대의 과학으로는 풀 수 없지만, 마법을 이용해서 오파츠의 비밀을 풀고 있다는 사실도요."

"그렇네. 세간에서는 고대 유물이니, 오파츠니 하고 있지만, 실제로는 초고대 마도 문명이 남긴 마법 물품이라고 할 수 있지."

"그렇지요."

"그럼 아티팩트에 등급이 있다는 사실도 이미 알고 있겠군."

"네, 물론입니다."

서진철 관장의 말에 현성은 고개를 끄덕였다.

한국 지부에서 지내며 현성이 주로 조사를 한 부분도 아티팩트 쪽이었다. 그리고 아티팩트에도 여러 종류가 있으며 각각 등급이 매겨져 있다는 사실도 알고 있었다.

"몇 년 전 신화시대의 아티팩트가 발견되었네."

"신화시대? 설마 S등급인 신화급 아티팩트를 말하는 겁니까?"

현성은 놀란 표정으로 서진철 관장을 바라봤다.

그만큼 조금 전 서진철 관장의 말은 믿기가 어려웠다.

신화급 아티팩트가 무엇인가?

실제로 존재하는지, 존재하지 않는지 알 수 없는 환상의 아티팩트였다.

거기다 기록에 의하면 신화급 아티팩트는 그 자체만으로도 국가 하나와 맞먹는 어마어마한 힘을 가지고 있다고 했다.

그 때문에 S등급으로 분류되어 있는 것이다.

하지만 정작 문제는 따로 있었다.

신화급 아티팩트가 존재한다는 말은 곧, 그 신화가 실제 한다는 이야기가 되니까.

"믿기지 않겠지만 실제로 발견 되었지."

서진철 관장의 말에 현성은 믿을 수 없다는 표정으로 중얼거렸다.

"신화급 아티팩트라니… 여러 가지 의미로 믿기지 않는 군요."

"하지만 실재한다네. 약 5년 전, 중국 상하이의 골동품점에서 고서적 하나가 들어온 게 모든 일의 시작이었지. 고서적은 놀랍게도 단군신화에 대한 내용이 기록되어 있었네. 그리고 고서적은 고대 문자로 기록되어 있었으며 조사를 해본 결과가 암호문이라는 사실도 알아낼 수 있었지. 그래서 해독한 결과 놀라운 사실을 알게 되었네."

"무슨 사실입니까?"

"천부인. 단군신화에서 환웅이 환인에게 전해주었다고 하는 세 가지 신기이지."

"……!"

현성은 놀란 표정을 지었다.

한국인이라면 누구나 알고 있는 단군신화.

그리고 신화 속에서 등장하는 천부인이라니!

"고서적에 암호로 숨겨져 있는 정보는 더욱 놀라웠네. 무려 천부인 중 하나가 숨겨져 있는 장소가 기록되어 있었으니 말이야."

"정말입니까?"

현성은 기가 막힌다는 얼굴로 서진철 관장을 바라봤다.

천부인 중 하나가 숨겨져 있는 장소가 기록되어 있었다니 믿을 수가 없었다.

"그렇네. 고서적에 기록되어 있는 정보를 토대로 조사를 한 결과 대한민국 서해에서 무인도 섬을 하나 발견했지."

"섬을?"

현성의 말에 서진철 관장을 고개를 살짝 끄덕인 후 설명을 계속했다.

"섬은 결계에 의해 교묘하게 숨겨져 있었지. 만약 고서적에 기록된 정보가 없었다면 아무리 우리들이라고 해도 찾지 못했을 거야. 결계에 의해서 인공위성으로도 볼 수가 없으며, 아공간에 존재하고 있는 섬이었으니까."

"아공간에 말입니까?"

"우리들이 발견한 섬은 아공간 입구를 통해 들어가야 볼 수 있었지. 문제는 그 아공간 입구를 찾는 게 큰일이라는 거지만."

거기까지 말한 서진철 관장은 자신의 책상 위에 놓여 있던 커피를 한 모금 마시며 목을 축였다.

"우리들은 그 섬을 환상의 섬이라고 이름을 붙이고 조사를 시작했지. 그 섬은 하나의 고대 유적이었네. 그리고 섬 중심에 있는 제단에서 그것을 찾아냈지."

"천부인… 이겠군요."

"그래, 맞아. 정확히는 천부인 중 하나인 청동거울이었지."

"허……."

서진철 관장의 말에 현성은 헛웃음을 흘렸다.

중국에서 발견한 고서적 하나로 신화급 아티팩트를 찾아낼 줄이야!

'신화급 아티팩트가 발견되었다는 소리는 신화가 단순한 이야기가 아니라 역사라는 말이 아닌가?'

마법 협회 한국 지부가 발견한 청동거울은 세기의 대발견이 아닐 수 없었다.

어떻게 본다면 현 인류의 역사를 다시 써야 될 정도로.

"환상의 섬에서 신화급 아티팩트인 청동거울을 발견한 우리들은 그 자리에 비밀 연구소를 하나 세웠네. 그리고 위험하다고 판단된 아티팩트들을 비밀 연구소로 옮겨 연구하기로 했지."

"비밀 연구소도 있었습니까?"

"원래는 지금 우리가 있는 건물 지하 10층에 있는 시설이었지만 말이야. 그때는 연구소라기보다 그냥 창고였지. 위험하다고 판단된 아티팩트들이라 도저히 실험할 엄두가 나지 보관만 했었으니. 하지만 환상의 섬을 발견하고 그곳에 연구소를 세운 다음에는 그쪽으로 모두 옮겨 연구나 실험을 하기로 했지."

아티팩트 중에는 위험한 물건도 제법 있었다.

그것들은 너무나 위험했기에 박물관에서 실험을 할 수 없었다.

무슨 일이라도 생긴다면, 박물관 건물뿐이 아니라 인천시에까지 큰 영향을 미칠 수 있었기 때문이다.

인천에 살고 있는 주민들에게까지 피해를 끼칠 수 있었다.

하지만 환상의 섬이라면 비교적 안전했다.

환상의 섬은 아공간에 존재하고 있었기 때문에 만약 사고가 생긴다고 해도 한국 지부 자체 내에서 처리할 수 있었으니까.

여차하면 연구소 자체를 그냥 폐쇄시키는 방법도 있었다.

"놀랍군요. 박물관에 있는 시설만 해도 어마어마하던데 거기에 비밀 연구소까지 있었을 줄은……."

"다른 강대국의 정부나 마법 협회 지부들도 비밀 실험을 몰래 하고 있지. 자네가 상대 했던 일본 지부의 사무라이도 마법 연구로 탄생한 존재니 말이야."

"과연……."

사실 현성은 이미 그 사실을 알고 있었다.

혼죠 슈이치의 기억을 읽으며, 그가 일본 지부의 마법 연구에 의해 만들어진 소드 마스터라는 사실을 알 수 있었으니 말이다.

강제적인 방법으로 만들어진 탓에 이드레시안 차원계의 소드 마스터에 비하면 한참 떨어졌지만.

"문제는 일본이지. 자네 혹시 일본신화에 대해 알고 있나?"

"일본신화요? 자세히는 아니지만 조금 알고 있습니다."

"그런가? 일본 창조신화를 보면 우리나라의 단군신화는 비슷한 점들이 많다네. 가령 단군신화에 등장하는 천부인과 일본 창조신화에 등장하는 삼신기가 그렇지."

"확실히 그렇네요."

현성은 책이나 인터넷을 통해 일본 신화를 읽은 적이 있었다. 일본 신화에 등장하는 삼신기는 일본 천황의 지위를 증명하는 세 가지 보물이라고 전해진다.

삼신기는 각각 검, 거울, 방울로 천부인과 마찬가지였다.

"그 때문에 마법 협회 일본 지부에서는 천부인이 일본신화에 등장하는 삼신기를 본따 만든 가짜이며, 일본 창조신화로부터 단군신화가 파생되었다고 믿고 있다네. 웃기는 소리지."

서진철 관장은 피식 웃음을 흘렸다.

일본 지부는 한국의 단군신화와 천부인을 결코 인정하지 않았다.

오히려 천부인을 자신들의 신화에 등장하는 삼신기라고 생각하고 있었으며, 단군신화조차 한국이 일본 신화를 보고 베꼈다는 생각을 하고 있을 정도였다.

그 때문에 일본 지부에서는 한국 지부와 마찬가지로 천부인을 찾기 위해 혈안이 되어 있었다.

"자네도 일본이라는 나라가 어떤지 알고 있지 않나? 그들은 자신들의 역사마저 거리낌 없이 왜곡하고 있는 자들이라네."

서진철 관장의 말에 현성은 고개를 끄덕였다.

뉴스나 인터넷을 보면 종종 일본에 관한 소식을 들을 수 있었다. 그중 하나가 일본 역사 교과서 왜곡이었다.

일본의 역사 왜곡은 사태가 매우 심각했다.

중국의 난징대학살을 저지른 일본군의 만행을 모호하게 처리하는가 하면, 위안부 문제는 아예 제외시켜 버렸다.

그뿐만이 아니었다.

임진왜란을 조선출병이라고 묘사하거나 명성황후 시해 사실을 의도적으로 제외하기도 했으며, 1945년 4월에 있었던 오키나와 전투에서 일본군에 의해 많은 현지인들이 집단자결을 했던 사실을 은폐하고 미군의 책임으로 돌리기까지 했다.

또한, 독도를 일본의 영토라고 주장하고 있으며, 아시아 태

평양전쟁을 아시아 해방전쟁이나 대동아전쟁으로 미화하는 기록도 있었다.

이외에도 일본의 역사 왜곡은 굉장히 많았다.

일본은 잘못을 반성하기보다 자신들이 과거에 저지른 침략의 역사를 왜곡하거나 감추고 미화하는 일에 주력하고 있었던 것이다.

이러한 일본의 실태를 본 서진철 관장은 한마디로 일축했다.

"자신들의 역사를 제대로 기록하지 않고 판타지 소설화 시키는 자들을 어떻게 믿을 수 있겠는가?"

자신들의 역사를 멋대로 날조 시키는 일본 정부와 그 우익 세력들. 일본 지부는 대표적인 우익 세력 집단이라고 할 수 있었다.

일본의 역사를 왜곡하는 일에 앞장서고 있는 것도 일본 지부의 인물들이었다.

자신들의 실존하는 역사마저 왜곡하는 그들이 과연 신화를 있는 그대로 기록했을까?

당연히 조작을 가했다고 밖에 생각 할 수 없었다.

"자신들의 역사를 판타지 소설로 교육받는 꼴이군요."

"기가 막히는 일이지."

서진철 관장은 고개를 절레절레 저었다.

"그래도 모든 일본인들이 그런 건 아니지 않습니까?"

"물론 그렇지. 일부 깨어 있는 자들은 그러한 정부의 행동에 비판하는 자들도 없는 건 아니네. 다만 그 수가 적다는 게 문제지."

극히 일부이긴 하지만, 일본의 역사 왜곡이나, 일본 총리가 2차 세계전쟁의 전범들이 안치된 야스쿠니 신사 참배를 비판하는 일본인들도 있긴 있었다.

"만약 일본 지부에 깨어 있는 자들이 있었다면 좋은 관계가 되었을 텐데……."

서진철 관장은 아쉬운 목소리로 말했다.

하지만 현실은 만만하지 않았다. 일본 지부의 인물들은 거의 전부가 우익 세력이었으니까.

"아무튼 일본 지부는 우리 한국 지부의 최대 적이네. 그들은 호시탐탐 우리들이 발견한 청동거울을 노리고 있으니 말이야."

서진철 관장은 확고한 목소리로 단언했다.

지금의 일본은 대한민국의 신화나 역사를 왜곡하고 있는 것도 모자라, 고대 유물들까지 자신들의 것이라고 주장하고 있었다.

거기다 몇 년 전, 한국 지부는 청동거울을 손에 넣었다.

그 후 얼마 지나지 않아 일본 지부도 그 사실을 입수했다.

일본 지부의 정보력도 한국 지부 못지않았던 것이다.

일본 신화에서 청동 거울은 팔지경(八咫鏡:야타노카가미)이라고 부르며 '아마테라스오미카미'의 혼을 달래는 제사에 사용되었다고 한다.

일본 지부는 단군신화에 등장하는 청동거울이 일본신화에 나오는 팔지경이라고 판단했다. 그리고 한국 지부가 숨겨둔 팔지경을 찾기 위해 대한민국을 상대로 온갖 수단 방법을 가리지 않고 정보 탐색 활동을 벌였다.

대한민국에 마약과 위조지폐를 제작하여 뿌린다거나, 한국에서 발견된 아티팩트를 회수하기 위해 일본 지부의 마법사들을 투입한 것들도 사실은 팔지경의 위치를 찾기 위한 양동 작전이었다.

그렇게 한국 지부가 입수한 팔지경을 찾기 위해 일본 지부는 온갖 수단 방법을 가리지 않고 탐색 활동을 벌였다.

한국에 마약과 위조지폐를 제작하여 뿌린다거나, 한국에서 발견된 아티팩트를 회수하기 위해 일본 지부의 마법사들을 투입한 것들도 사실은 팔지경의 위치를 찾기 위한 양동작전이었다.

그렇게 한국 지부의 눈을 혼란시켜, 자신들의 진짜 목표인 팔지경을 찾고 있었던 것이다.

"하긴 보통 물건도 아니고 신화급 아티팩트이니 그럴만도 하겠군요."

현성은 신화급 아티팩트가 지닌 가치가 얼마나 될지 상상이 되지 않았다.

지금까지 환상이나 전설로만 전해져 내려오는 신화가 사실은 실제 역사일지도 모르는 증거품이기도 했으니 말이다.

　하지만 그 말에 서진철 관장은 피식 웃었다.

　"신화급 아티팩트는 자네가 생각하는 것 이상의 가치를 지니고 있네. 우리들이 발견한 청동거울만 해도 인류의 예지를 초월하고 있는 물건이었으니 말이야. 겉보기에는 청동으로 만들어진 거울처럼 보였지만 실제로는 아무것도 알 수 없었지."

　"그게 무슨 말입니까?"

　"청동거울은 겉모습만 거울의 모습을 한 청동으로 보일 뿐, 그 내부 구조와 재질은 완전히 미지라는 말이네. 무엇으로 이루어져 있는지 알 수 없었지. 지난 몇 년 간 청동거울을 조사한 결과 알 수 있었던 것은 지구상의 물질로 만들어진 게 아니라는 사실 정도뿐이었으니."

　"허. 그게 무슨……?"

　지구상의 물질이 아니라니.

　그렇다면 대체 청동거울은 어디서 온 것이란 말인가?

　"그럼 이제 본론으로 들어가도록 할까?"

　서진철 관장은 진지한 표정으로 현성을 바라보며 말했다.

제 9 장
아티팩트 비밀 연구소

"약 사흘 전 아티팩트 연구소로부터 연락이 두절됐네."

"······!'

서진철 관장의 말에 현성은 놀란 표정을 지었다.

"이유는 아직 불명이네. 매일 한 번씩 정기보고를 해오고 있었는데 벌써 사흘간 연락이 끊긴 상황이지. 이쪽에서 연락을 해봤지만 응답하질 않더군."

"그럼······?"

"연구소에서 무슨 일이 생긴 게 틀림없네."

서진철 관장은 단언했다.

'신화급 아티팩트를 연구하는 연구소에서 연락이 끊겼다

라…….'

현성은 사태가 좋지 않음을 느꼈다.

그곳에서 연락이 두절되었다는 소리는 서진철 관장의 말대로 무슨 일이 생긴 게 틀림없었다.

문제는 그게 무슨 일인지 모른다는 점이지만.

"여기서 자네에게 한 가지 부탁을 하고 싶군."

"뭐지요?"

"빠른 시일 안에 비밀 연구소에 조사대를 파견할 예정이네. 그 조사대에 자네도 참가해 주지 않겠는가?"

서진철 관장은 진지한 눈빛으로 현성을 바라봤다.

'과연… 나를 부른 이유가 있었군.'

현성은 속으로 쓴웃음을 흘렸다.

서진철 관장이 무슨 일로 자신을 급하게 불렀나 했더니 이런 이유가 있었던 것이다.

아티팩트 비밀 연구소가 어떤 곳인가?

무려 신화급 아티팩트와 서진철 관장의 입에서 위험하다고 판단되는 아티팩트를 연구하는 곳이었다.

분명 그곳은 위험하기 짝이 없는 상황일 터.

그런 위험천만한 곳에 서진철 관장은 현성을 보내려고 하는 것이다.

'하지만 흥미롭군.'

신화급 아티팩트나, 비밀 연구소 이야기는 현성의 흥미를 끌기에 충분했다.

'나도 천성이 마법사로군.'

현성은 살며시 미소를 지었다.

마법사란 호기심의 종족.

신화급 아티팩트인 청동거울을 자신의 두 눈으로 직접 확인하고 싶었다. 물론 위험하다고 판단된 아티팩트들까지도.

가능하다면 자신의 눈으로 직접 확인하고 연구하고 싶은 욕망이 슬그머니 일어났다.

이미 오래전에 사그라들었다고 생각한 아티팩트 연구에 대한 욕망이 현성의 마음 한 구석에서 피어오르기 시작한 것이다.

"좋습니다. 단, 조건이 있습니다."

"호오, 조건이라. 그게 뭐지?"

"앞으로 아티팩트 연구에 저도 참여시켜 주십시오."

"흠……."

현성의 말에 서진철 관장은 침음성을 흘렸다.

'설마 아티팩트에 흥미를 가질 줄이야.'

서진철 관장은 현성이 마법 연구에만 몰두할 줄 알았다.

그만큼 현성의 마법에 대한 기초이론은 트집을 잡기 힘들 만큼 훌륭했으니까.

'어쩐다…….'

서진철 관장은 턱을 쓰다듬으며 생각에 잠겼다.

현대의 마법사들에게 있어 아티팩트는 제2의 생명이라고 해도 과언이 아니었다.

다른 마법 협회도 마찬가지겠지만, 아티팩트는 그 마법 협회의 핵심이라고까지 할 수 있었다.

그만큼 아티팩트는 마법 협회에 있어서 굉장히 중요하다는 소리였다.

그런 중요한 사항을 과연 현성에게 맡겨도 될 것인가?

'문제는 완전히 내 편으로 만들지 못한 점이지만.'

그 점이 서진철 관장으로서는 굉장히 아쉬웠다.

만약 현성이 서유나의 유혹을 받아들였다면 서진철 관장은 쌍수를 들고 환영했을 것이다.

하지만 현성은 서유나의 유혹을 거절했다.

그 점이 아쉬웠으나, 이후 얼음마녀라고 불리는 자신의 딸인 서유나의 표정이 한결 부드러워졌다는 사실을 서진철 관장은 눈치챘다.

분명 서유나가 현성을 유혹했을 때 무슨 일이 있었으리라.

그 때문에 서진철 관장은 오히려 더 현성이 마음에 들었다.

차가운 얼음 같던 서유나의 마음에 따뜻한 봄바람이 조금씩 불기 시작했으니까.

그 이유는 두말할 필요도 없이 현성이었다.

또한, 현성에게는 마법 협회의 근간을 뒤흔들 무기가 있었다. 물론 그것은 현성이 지닌 실력을 말하는 게 아니다.

확실히 서진철 관장의 입장에서 봐도 현성의 실력은 놀랍지만, 더욱 놀라운 것은 바로 지식이었다.

현대의 마법사들이 아티팩트에 의지하는 이유는 마법에 대한 기초이론과 마나 효율이 좋지 못했기 때문이다.

하지만 현성은 그 해결책을 가지고 있었다.

지금 당장은 아티팩트에 의지할 수밖에 없겠지만, 십 년, 이십 년 뒤에 현성에게 마법 이론을 배운 현대의 마법사들은 과연 어떻게 되어 있을까?

서진철 관장은 여러 가지 가정들을 생각하며 어떻게 하면 좋을지 결론을 이끌어냈다.

"좋아. 자네의 조건을 받아들이지."

"감사합니다."

현성의 질문에서 서진철 관장이 대답하기까지 10초도 걸리지 않았다.

그리고 현성은 서진철 관장의 승낙에 미소를 지었다.

"임무 목표는 환상의 섬에 있는 아티팩트 비밀 연구소의 조사 및 연구원들을 구출하는 일이네. 그리고 무엇보다 최우선 과제는 신화급 아티팩트인 청동거울을 꼭 회수해 와야 하는 일이지. 알겠나?"

"예."

현성은 고개를 끄덕이며 대답했다.

한시라도 빨리 비밀 연구소에 가서 신화급 아티팩트를 확인하고 싶었다.

하지만 그런 그에게 서진철 관장이 제동을 걸었다.

"단, 이 임무에 자네가 참가하려면 나도 조건을 하나 걸도록 하지."

"조건… 말입니까?"

서진철 관장이 조건을 걸 줄은 몰랐기에 현성은 긴장한 표정을 지었다.

그가 무엇을 요구할지 알 수 없었기 때문이다.

'기초 마법 이론만으로는 부족하다는 건가?'

그렇다면 남은 건 상위 클래스에 대한 마법지식뿐.

현성은 살짝 표정을 굳혔다.

하지만 서진철 관장의 입에서 전혀 의외의 말이 튀어나왔다.

"내 딸을 받아주게."

"네?"

생각지도 못한 말에 현성의 굳은 표정에 금이 쩍 갔다.

'이게 지금 무슨 소리지? 내가 잘못 들었나?'

"지금 무슨……?"

"내 딸을 자네에게 맡기겠다는 말이네."

"……."

서진철 관장의 말에 현성은 잠시 침묵했다.

'이게 대체 무슨 소리야? 이 양반이 무슨 남호걸도 아니고 이상한 소리를 하고 있군. 아직 나이도 많지 않은데 벌써 노망이 들었나?

현성은 자기도 모르게 식은땀을 흘렸다.

그렇지 않아도 얼마 전 남호걸이 자신을 남효연과 만나게 하기 위해 집에까지 쳐들어왔었다.

그런데 지금 그런 남호걸과 비슷한 짓거리를 서진철 관장이 하려고 하는 것이다. 아니, 그보다 더한 짓이라고 할 수 있었다.

이미 서유나는 현성의 옆집에 이사까지 왔었으니까.

"그, 그건 좀… 저와는 나이 차도 나지 않습니까?"

"그 말은 지금 내 딸이 자네보다 나이가 많아서 싫다는 말인가?"

"아, 아니 그런 의미가 아니라……."

"됐네. 자네가 한 말 그대로 내 딸에게 전해주지."

"……."

그 말에 현성은 등골이 서늘해졌다.

최근 서유나의 태도가 미묘하게 변한 것 같아 골치 아픈데, 방금 자신이 한 말을 그녀가 듣기라도 하는 날엔 무슨 일이 생길지 짐작도 할 수 없었기 때문이다.

"그럼 그렇게 하는 걸로 알겠네."

"아, 아니 그건……."

"남아일언중천금이네. 이 이야기는 여기서 끝내도록 하지."

서진철 관장은 아직도 납득하지 못하는 현성의 말을 자르며 이야기를 종결시켜 버렸다.

그리고 진지한 표정으로 현성을 바라보며 말했다.

"만약 내 딸을 울리는 짓을 한다면 절대 용서하지 않겠네."

"……."

서진철 관장의 말에 현성은 속으로 한숨을 푹 내쉬었다.

"그럼 차후 일정은 나중에 전달하도록 하지. 출발 예정은 이틀 후. 그때까지 준비를 끝내도록 하게."

"알겠습니다."

현성은 마지못한 얼굴로 고개를 끄덕인 후, 관장실을 나섰다.

                    *   *   *

그로부터 이틀 후.

어두운 바다 위로 하얀 달빛과 별빛이 쏟아져 내리는 대한민국 서해.

파도가 넘실거리고 시원하게 펼쳐진 망망대해에 크루즈한 척이 외롭게 항해를 하고 있었다.

한국 지부, 박물관의 조사대였다.

그리고 크루즈의 갑판에는 두 명의 인물이 팔짱을 낀 채 바닷바람을 맞으며 세련된 디자인의 검은색 코트를 펄럭이고 있었다.

다름 아닌 한국 지부에서 파견한 마법사와 현성이었다.

지금 현성은 서진철 관장에게 의뢰를 받은 대로 환상의 섬으로 향하고 있었다.

하지만 현성에게 문제가 생겼다.

이번 임무는 언제 끝날지 알 수 없었다. 그 때문에 집에다가 무슨 변명을 하고 참가할지 문제였던 것이다.

'다행히 서진철 관장이 해결해 주었지만 말이야.'

현성의 고민을 알게 된 서진철 관장은 그런 것쯤은 자신한테 맡기라며 호언장담을 했다.

그 덕분에 현성은 아무런 걱정과 미련 없이 이번 임무에 참가할 수 있었다.

"아직 멀었습니까?"

크루즈 갑판에서 주변을 살피던 현성은 자신의 옆에 있는 사내에게 입을 열었다.

"이제 곧 도착할 겁니다."

사내의 이름은 이진혁.

나이는 20대 후반으로 이번 조사대에 참여한 아티팩트 회수팀의 일원이었다.

속성은 희귀 계열인 블러드.

혈액을 자유자재로 구사하며 강력한 마법을 쓸 수 있는 3클래스 유저의 실력자였다.

그 때문에 그는 블러드엣지(Blood Edge)라는 이명도 가지고 있었다.

그리고 이진혁은 현성을 함부로 대하지 않았다.

비록 현성이 나이가 어리지만, 4클래스 마스터의 마법사.

4클래스 마스터의 마법사라면 누구에게나 존경받아 마땅했다.

또한, 최근 현성은 자신의 마법 지식을 한국 지부 마법사들에게 전수를 하고 있었다.

현성에게 있어서 단순한 기초 마법 이론이었지만, 현대의 마법사들에게 있어서는 더할 나위 없는 보물이 아닐 수 없었다.

그러한 이유로 이진혁은 자신보다 열 살 가까이 어린 현성에게 꼬박꼬박 존대를 하며 자기 나름의 성의를 보였다.

그리고 그것은 이진혁뿐만이 아니었다.

한국 지부에서 현성을 함부로 대할 수 있는 인물이 있다면 오직 두 명밖에 없었다.

한때 현성의 스승이었던 서유나와, 한국 지부의 지부장이자 인천 역사 유물 박물관의 관장인 서진철이었다.

하지만 그들조차 현성을 함부로 대하지 않고 기본적인 예우를 지켜주고 있었다.

"신화급 아티팩트가 기다리고 있다니 기대되는군요."

"저는 별일이 없었으면 좋겠지만요."

이진혁은 쓴웃음을 지으며 대답했다.

지금까지 아티팩트 회수 일을 해오면서 조용히 해결된 적이 손에 꼽을 정도였기 때문이다.

거의 대부분 아티팩트를 노리는 하이에나 같은 놈들과 한바탕 해왔다.

하이에나 놈들은 각양각색이었다.

다른 국가에 있는 마법 협회의 지부이거나, 거대 기업들뿐만이 아니라 각국 정부에서 보낸 비밀 요원들까지 있었으니까.

그들과 경쟁 끝에 아티팩트를 회수할 수 있을 때도 있었고, 실패할 때도 있었다.

부디 이번 임무만큼은 조용히 끝났으면 좋겠다고 이진혁은 생각했다.

"하지만 서진철 관장님은 그렇게 생각하지 않는 모양이지만 말이죠."

"그러게 말입니다."

현성의 웃는 말에 이진혁은 한숨을 내쉈다.

이번 조사대의 인원은 총 열다섯 명이었다.

마법 협회에서 파견한 마법사 다섯 명과, 마법사들을 보조해줄 특수대원 열 명으로 구성되어 있었던 것이다.

그리고 조사대의 리더는 40대 중반의 김태성이라고 하는 사내였다.

이진혁의 말에 의하면 차갑고 냉정한 성격에 임무 완수를 위해서라면 무슨 짓이든 서슴지 않는다고 했다.

그 말에 현성은 서유나와 비슷한 성격이 아닐까 생각했지만, 실제로 만나본 김태성은 서유나의 차가움과는 다르게 감정이 메말랐다는 느낌이 강하게 드는 인물이었다.

"아티팩트 회수팀의 인원이 이렇게 많았던 적은 그야말로 드뭅니다. 많아봐야 8명에서 10명 정도였으니. 적을 때는 세 명이서 작전을 수행한 적도 있으니까요."

그에 반해 이번 조사대의 인원은 총 열다섯 명.

평소보다 많은 인원을 투입한 것이다.

하지만 상황이 상황인만큼 당연했다.

이번 임무의 목표는 신화급 아티팩트의 회수였으니까.

그렇게 생각한다면 열다섯 명이라는 숫자도 결코 많다고 할 수 없었다.

처음 청동거울을 회수하기 위해서 환상의 섬에 투입한 인원은 무려 50명이나 되었으니 말이다.

그때는 각 전문분야의 전문가들과 마법사들 등등 비교적 대규모 인원을 투입했었다.

그때에 비한다면 이번 임무의 인원은 적다고 할 수 있었다.

하지만 장비나 팀원들의 능력은 월등히 높았다.

이번에 투입된 마법사 다섯 명들을 봐도 알 수 있지 않은가?

한국 지부 내에서도 손에 꼽을 정도의 숫자인 3클래스 유저 마법사가 2명이나 투입됐다. 그리고 현성을 제외한 나머지 2명의 마법사들은 2클래스 마스터들이었다.

거기에 4클래스 마스터라고 알려진 현성이 투입됐다.

마법사들의 전력만 놓고 본다면 역대 최고라고 할 수 있을 정도였다.

"거기다 이번에 투입된 장비들을 보면… 하아…….”

이진혁은 고개를 절레절레 흔들며 한숨을 내쉬었다.

단순히 아티팩트를 회수하는 임무치고는 투입된 인원이나 장비가 어마어마했다.

아티팩트 회수팀에는 마법사들뿐만이 아니라 특수부대원이 투입된다. 그들은 아티팩트 회수팀에서 마법사들을 보조하며 작전을 수행한다.

그리고 특수부대원들은 거의 대부분 대한민국 육군 특수부대 출신으로 마법 협회 한국 지부의 회수팀에서 활약하고 있었다.

이번에 투입된 특수 부대원들은 총 열 명.

그들은 아티팩트 회수팀의 베테랑들로 이루어진 레드폭스 중대였다.

마법 협회 한국 지부 내에서 손꼽히는 실력을 가진 전투부대로 지금까지 아티팩트 회수 임무에서 실패를 경험해 보지 않을 정도로 우수한 실력자들로 구성되어 있었다.

또한, 그들이 가지고 있는 장비를 보면 혀가 내둘러지지 않을 수 없었다.

한국에서 차기 소총으로 개발한 총기인, K—11 복합소총이 레드폭스 중대에 실전 배치되어 있었으니까.

K—11은 대한민국에서 자체적으로 개발한 OICW 소총으로, 컴퓨터가 제어하는 공중폭발유탄을 사용하는 볼트액션식 유탄발사기와 돌격소총을 결합한 차세대 복합소총이다.

5.56mm 탄환과 20mm 공중폭발유탄을 결합시킨 작품으로 괴물 같은 성능을 자랑한다.

특히 20mm 공중폭발유탄 내부는 수많은 파편들로 구성되어 있으며, 사격통제장치에 의해 적들의 머리 위나 뒤에서 자동 폭발이 되도록 프로그램되어 있다.

그 때문에 설령 적들이 엄폐물 뒤에 숨어 있다고 해도 문제가 되지 않았다.

그리고 K—11은 세계최초로 대한민국에서 OICW(Objective Individual Combat Weapon)로 개발되어 육군에 실전 배치되어 있는 소총이기도 했다.

하지만 문제점도 있었다.

성능은 흠잡을 데 없이 우수했지만, 빈탄창 기준으로 무게가 무려 6.1kg 이나 되었던 것이다. K—2 소총이 3.26kg인 것에 비하면 무려 2배 가까이 무거웠다.

거기다 프로토 타입의 K—11 복합소총은 특별히 불량이나 문제점이 없었지만, 양산을 한 결과 온갖 문제점이 생겨났다.

사격통제장치의 레이저 사거리 측정불량이나, 20mm 고폭탄 사격시 5.56mm까지 발사되고, 20mm고폭탄 사격 후 5.56mm 사격 불량이 생기는 등 여러 가지 문제점이 생겼던 것이다.

보통 양산형이 프로토타입의 문제점을 개선해서 나온다는 걸 생각한다면, K−11 복합소총은 프로토타입이 양산형보다 훨씬 더 좋은 괴랄한 결과였다.

그리고 무엇보다 K−11 복합소총 하나 당 가격이 1,600만 원이나 하는 탓에 대한민국 육군에 실전 배치는 되었지만, 널리 보급되지는 못했다.

이번 조사대에 참가한 레드폭스 중대도 K−11 복합소총을 사용하는 대원은 두 명밖에 되지 않았다.

또한 이번에 참가한 아티팩트 회수팀의 대원들의 무장을 보면 K−11 복합소총뿐만이 아니라, K−14라는 저격총도 있었다.

K−11 복합소총처럼 차세대 무기로 개발된 K−14는 볼트 액션식 저격총으로 7.62mm 탄환을 쓰며 유효사거리는 800 미터였다.

하지만 성능이나 명중률은 해외의 유명 저격총에 비해 못 미치는 수준이나, 대한민국 최초로 개발한 저격총이라는 점에서 의미가 남달랐다.

이외에도 기존의 K1 기관단총에 피카티니 레일 시스템을 장착하여 도트사이트와 수직 손잡이, 그리고 레이저 표적지시기로 커스텀화시킨 K1A 기관단총을 지급받은 통신병도 있었다.

그 외에 나머지 병사들은 전부 K1A 기관단총처럼 피카티니 레일 시스템으로 커스텀화시킨 K-2 소총으로 무장하고 있었다.

전원 무기가 일반적이지 않고 개조되거나 온갖 악세사리들로 커스텀화되어 있었던 것이다.

이만한 인력과 장비를 투입한 것으로 봤을 때, 이진혁과 현성은 아티팩트 비밀 연구소의 조사와 연구원들의 구출, 그리고 청동거울을 회수하는 일이 결코 만만치 않을 거라는 생각이 들었다.

"슬슬 도착할 때가 되었군."

그때 갑판 위로 한 인물이 올라와 말했다.

감정이 메마른 것 같이 차가운 인상의 사내.

이번 아티팩트 회수팀의 리더인 김태성이었다.

그는 서유나와 마찬가지로 얼음 마법이 특기로 3클래스 유저의 마법사였다.

"오빠. 이 추운 날에 계속 갑판 위에 있었던 거야?"

그리고 그의 뒤로 20대 중반으로 보이는 여인이 나타났다.

그녀의 이름은 이진영.

이름에서 알 수 있다시피, 이진혁과는 남매 사이로 2클래스 마스터의 실력을 가진 보조 계열 전문 마법사였다.

"누님. 누님도 형님 성격 알지 않습니까? 저 형님이 어디 선실에 가만히 짱박혀 있을 위인입니까?"

"뭐, 그렇지."

이진영의 등 뒤로 머리를 짧게 깎은 20대 초반의 청년이 갑판 위로 올라왔다.

청년의 이름은 신강현.

그 또한 이진영과 마찬가지로 2클래스를 마스터한 대지 계열 마법사였다. 특기 마법은 디그.

원래 디그 마법은 3클래스 마법이긴 하나, 유니크급 아티팩트의 힘으로 신강현은 자유롭게 디그를 사용할 수 있었다.

"뭐야? 여자 그리고 여자아이에게 상냥한 신사인 내가 어디가 어때서?"

"흥. 그건 본인이 더 잘 알고 있지 않아? 로리콘 엣찌(Lolicon エッチ) 오빠?"

"누가 로리콘 엣찌냐! 나는 블러드엣지라고!"

"흥. 로리콘 엣찌나 블러드엣지나 거기서 거기지."

이진혁은 입에 게거품을 물며 반박했다.

아무리 그래도 그렇지 오빠인 자신에게 로리콘 엣찌라니!

로리콘은 로리타 콤플렉스를 줄인 말로 성인남자가 어린 여자아이를 동경하고 좋아하는 콤플렉스를 뜻한다.

그리고 엣찌는 일본어로 야하다라는 의미를 가지고 있었다.

그걸 전부 합쳐서 이진영은 로리콘 엣찌라고 부른 것이다.

이진혁의 입장에서는 입에 게거품을 물고 반박할 만했으나, 이진영은 그저 코웃음을 칠뿐이었다.

"누님. 그냥 저 형님 묻어 버릴까요?"

그리고 신강현이 이진혁을 바라보며 무시무시한 소리를 내뱉었다.

"……."

그렇게 긴장감 없이 티격태격하고 있는 그들을 바라보며 현성은 쓴웃음을 지었다.

앞으로의 임무를 생각하면 저들의 긴장감이 없는 태도에 못 미더워 보일 수도 있겠지만, 거기에 속으면 안 된다.

성격에 문제가 있을지는 모르나, 지금 현성의 눈앞에 있는 마법사들은 마법 협회 한국 지부 내에서 손가락에 꼽는 실력자들이었으니 말이다.

그리고…….

"모두 조용해라."

"……!"

그들을 전부 컨트롤 할 수 있는 인물이 이번 아티팩트 회수 팀의 지휘자였다.

3클래스 마스터 마법사 김태성.

마법 실력도 실력이지만, 그는 부하들을 휘어잡는 차가운 카리스마를 가지고 있었다.

실제로 조금 전까지 시끄럽게 떠들고 있던 이진혁과 이진영, 그리고 신강현이 김태성의 말 한마디에 조용해져 있었으니까.

그들은 입을 꾹 다문 채 김태성의 눈치를 살폈다.

"실례했네, 현성군. 부하들이 못 볼 꼴을 보였군."

"아니요. 괜찮습니다."

김태성의 말에 현성은 살짝 쓴웃음을 지으며 말했다.

김태성이 있는 한 임무는 차질 없이 진행될 터.

'하지만 인간으로서 감정의 기복이 너무 없어 보이는군.'

김태성은 얼굴에 표정이 너무 없었다.

거기다 인간미가 느껴지지 않는 차가움까지.

'별 탈 없어야 할 텐데… 흠.'

그 때문에 현성은 살짝 걱정이 되었다.

"김태성 대장님. 대원들의 준비가 모두 끝났습니다."

그때 갑판 위로 또 다른 인물이 올라왔다.

아티팩트 회수팀의 특수부대, 레드폭스 중대의 중대장인 신성일 중위였다.

나이는 30대 후반으로 지금까지 아티팩트 회수 작전에서 혁혁한 전공을 세우고 있는 인물이었다.

그는 피카티니 레일 시스템을 장착하여 도트사이트와 표

적 지시기 그리고 수직 손잡이를 추가한 K—2 커스텀 소총으로 완전 무장을 하고 있었다.

"음."

김태성은 신성일 중위의 말에 고개를 끄덕였다.

지금까지 레드폭스 중대원들은 선실 안에서 자신들의 개인화기들을 점검하고 있었다.

그 어떤 일이 생겨도 유연하게 대처하기 위함이었다.

우우웅.

순간 크루즈 전체에 공간이 울렁거리는 느낌이 퍼져 나갔다.

'결계?'

갑작스럽게 느껴진 울렁거림에 현성은 주변을 둘러봤다. 그리고 놀란 표정을 지었다.

"……!"

불과 조금 전까지만 해도 크루즈의 전방에는 아무것도 없었다. 하지만 지금 현성의 눈앞에 거대한 섬이 나타나 있었던 것이다.

그 섬을 바라보며 김태성은 드물게 입가에 살짝 미소를 지어보였다.

"환상의 섬에 온 것을 환영하네."

제 10 장
환상의 섬 상륙작전

환상의 섬 선착장.

아티팩트 비밀 연구소 조사대들은 드디어 환상의 섬에 도착했다.

환상의 섬에서 현성은 감탄을 금할 수 없었다.

'대체 누가 이런 아공간을 만들어낸 거지?'

환상의 섬 크기를 통째로 들어갈 정도로 거대한 아공간.

지금까지 신화급 아티팩트인 청동거울의 위용 때문에 생각을 하지 못했지만, 막상 환상의 섬에 들어온 현성은 아공간에 관심이 갔다.

하늘을 올려다보자 어두컴컴한 밤하늘이 보였다.

아공간에 들어오기 전에 보였던 하얀 달빛과 별빛은 어디에도 보이지 않았다.

그렇다고 지금 조사대가 있는 선착장이 칠흑처럼 어두운 것도 아니었다.

사물의 분별을 할 수 있을 만큼 적당히 어두웠던 것이다.

'그러고 보니 낮이 되면 또 밝아진다고 했었지.'

거기다 현성은 서진철 관장으로부터 환상의 섬이 지구의 하루처럼 어두워졌다가 밝아졌다가 한다는 소리를 들었다.

도대체 어떤 원리로 지구처럼 하루의 낮과 밤이 돌아가는지 알 수 없었다.

그리고 확실히 마법으로 아공간을 만들어낸 것 같지만, 이만한 크기의 아공간을 어떻게 유지하는지도 미스터리였다.

일부 이 사실에 흥미를 느낀 마법사와 과학자들이 연구를 해보려고 했지만, 결국 해명하지 못했다.

이후에는 그저 청동거울을 연구하는 일에 박차를 가하고 있었을 뿐이었다.

"서둘러라."

선착장에 도착하자 김태성이 부하들을 재촉했다.

그의 말에 레드폭스 중대원들이 분주하게 움직이기 시작했다. 그들은 크루즈로 실어온 장비들을 챙겼다.

레드폭스 중대원들은 방탄헬멧 및 방탄조끼뿐만이 아니라, 개인화기까지 완전 중무장을 하고 있었다.

그에 반해 현성을 포함한 마법 협회 한국 지부 마법사들은 비교적 간편한 복장이었다.

마법 협회에서 지급한 개인 아티팩트와 하얀색 줄무늬가 들어간 세련된 디자인의 검은색 코트가 전부였으니 말이다.

이번 임무를 위해서 지급 받은 코트는 유니크급의 아티팩트로, 이전에 현성이 지급 받았던 코트에 비하면 천지차이였다.

온갖 보조 마법은 기본이고, 보온 보습 조절 기능에서부터 방탄 능력까지 있었으니까.

이외에 개인 물품을 위한 배낭을 메고 있었다.

"레드폭스 중대 앞으로."

어느덧 탐색 준비가 끝나자 조사대는 본격적으로 환상의 섬을 탐험하기 위해 진형을 짰다.

전장의 경험이 풍부한 레드폭스 중대를 방사형으로 포진시키고 그 중심에 마법 협회 마법사들이 섰다.

그렇게 조사대는 아티팩트 비밀 연구소를 향해 움직이기 시작했다.

*   *   *

하얀 달빛이 내려 비치는 칠흑의 바다.

어두운 바닷물을 가르며 검은 물체가 불쑥 나타났다.

잠수함의 망루였다.

얼마 지나지 않아 잠수함의 갑판까지 바다 속에서 모습을 드러냈다.

잠수함은 최신 스텔스 핵 잠수함으로 레이더나 소나에도 탐지 되지 않을 정도로 우수한 성능을 가지고 있었다.

그 덕분에 여러 국가의 바다를 잠항하며 건너왔지만 그 누구도 알아채지 못했다.

덜컹!

바다 위로 갑판이 드러난 잠수함의 해치가 열렸다.

그리고 그곳에서 허리까지 내려오는 긴 금발 머리카락에 백옥같이 하얀 피부를 가진 30대 초반의 여인이 모습을 드러냈다. 누가 봐도 절로 감탄이 나올 조각 같은 모습의 미녀였지만, 한 가지 옥의 티가 있었다.

그녀의 왼쪽 뺨에 지울 수 없는 상처가 나 있었던 것이다.

비록 앞머리로 일부분 가리고 있기는 했지만 상처 전부를 가리지 못했다.

"바람이 차군."

스텔스 잠수함의 갑판 위로 올라온 여인은 들고 있던 담배에 불을 붙였다.

그리고 담배 연기를 길게 훅 내뱉으며 하얀 달빛과 별빛이 내리고 있는 차가운 겨울 바다를 바라봤다.

얼굴에 상처가 있는 아름다운 여인의 이름은 마리사 그란델.

그녀는 아무런 마크가 없는 군복을 입고 있었으며, 그녀가 타고난 잠수함에도 국적을 나타내는 표시는 없었다.

잠수함도, 여인도 둘 다 국적불명이었다.

"대령님. 이제 곧 작전지역 내입니다."

"알겠다."

어느 틈엔가 잠수함의 갑판 위에는 하나 같이 2미터 안팎의 거대한 사내들이 집결해 있었으며, 그들 또한 국적을 나타내지 않는 군복으로 무장해 있었다.

마리사는 부하들을 뒤로 한 채 어두운 바다를 바라봤다. 저 너머에 그동안 마법 협회 한국 지부가 필사적으로 숨기고 있던 '그것'이 존재한다.

'신화시대의 오파츠. 그것은 한국 따위가 다룰 수 있는 물건이 아니지.'

마리사는 피식 웃었다.

얼마 전 드디어 신화시대에 존재하던 아티팩트의 소재를 찾을 수 있었다.

그 때문에 자신이 이번 작전에 투입된 것이다.

"모든 건 조국을 위해서."

마리사 그란델 대령 휘하 아홉 명의 부하들.

그들은 마법 협회 미국 지부의 인물들이었다.

하지만 그들은 마법사가 아니었다.

미군 기계화부대(Mechanized Unit)의 병사들.

고대 유적에서 발굴한 인간형 오파츠를 토대로 미군과 마법 협회 미국 지부에서 손을 잡고 개발한 끝에 탄생한 사이보그들이었던 것이다.

그들은 마리사 그란델 대령을 중심으로 움직이는 하나의 살인 머신이었다.

그들은 전신이 사이보그화 되어 있었지만, 마리사 그란델 대령만큼은 달랐다.

마리사는 부하들과 하나가 되어 움직이기 위한 지휘관 용 브레인 칩이 머리에 삽입되어 있었다.

그녀는 부하들과 다르게 머리에만 브레인 칩을 삽입하고 있었을 뿐 몸은 인간이었다.

그리고 그녀가 속해 있는 미국 지부는 단군신화에 지대한 관심을 가지고 있었다. 특히 천부인과 일본 신화에 등장하는 삼신기에 대해서 자료를 조사하고 정보를 모았다.

그 결과 미국 지부는 한 가지 결론을 내리고 천부인을 찾기 위해 혈안이 되었다.

오래전부터 미국 지부에서 연구하고 있는 프로젝트와 밀접한 관계가 있었으니까.

그 때문에 미국 지부는 오랫동안 한국 지부를 감시하며 천부인 중 하나인 청동거울의 소재를 결국 찾아내고 말았다.

그리고 천부인을 탈취하기 위해 마리사 그란델 대령 휘하의 미군 기계화 병사들을 투입한 것이다.

'윗사람들은 대체 무엇을 생각하는 건지…….'

마리사는 자신에게 청동거울의 탈취를 명령한 상관들을 떠올리며 고개를 흔들었다.

자신에게 이번 작전의 중요성을 열정적으로 떠드는 그들의 말을 들었지만 존 대령에게 있어서는 머나먼 소리였다.

하지만 한 가지 확실히 알고 있는 사실이 있었다.

'임무는 반드시 완수한다.'

그것은 마리사를 비롯한 기계화부대 병사들의 긍지였다.

마리사는 담배 연기를 길게 내뿜으며 입을 열었다.

"제군. 그대들은 무엇을 바라고 있나?"

"Sir! 전장입니다!"

"그럼 제군. 그대들은 무엇을 위해 싸우고 있나?"

"Sir! 조국을 위해서입니다!"

"그렇다면 제군. 그대들에게 필요한 것은 무엇인가?"

"Sir! 조국을 지킬 강철의 몸과 강철의 의지입니다!"

부하들의 대답을 들은 마리사는 만족스러운 미소를 지었다.

"자, 제군. 조국의 적에게 심판을 내려주자! 5.56mm 총탄을! 7.62mm 총탄을! 그리고 빛의 철퇴를!"

"Sir, Yes Sir!"

국적을 지우고 미국에서 건너온 미군 기계화 병사들은 잠수함에서 세 척의 보트에 옮겨 타고 어둠 속에 잠겨 있는 바다로 향해 나아갔다.

그리고 스텔스 잠수함은 그대로 바다 속으로 잠항하며 모습을 감췄다.

남은 건, 밤하늘에 걸려 있는 하얀 달빛과 별빛을 배경으로 쓸쓸한 겨울 바다의 파도 소리가 들려올 뿐.

* * *

"……."

현성은 주변을 둘러봤다.

지금 조사대는 비밀 연구소로 가기 위해 숲 속에 있는 오솔길을 걷고 있었다.

전방에는 레드폭스 중대의 정찰병들이 주변을 수색하고 있었으며, 후방에는 전투병들이 조사대의 후미를 지켰다.

그 중앙에 현성을 비롯한 마법사들이 있었다.

"조용하네요."

현성은 자신의 옆에서 오솔길을 걷고 있는 김태성에게 말을 걸었다.

"이 섬에는 생명체가 존재하지 않지. 애초에 이런 이상한 공간에 생명체가 있을 리도 없겠지만."

"흠……."

김태성의 말대로 지금 조사대가 걷고 있는 숲 속에는 생명체가 없는 것처럼 조용했다.

그 흔한 풀벌레 소리나, 이런 숲 속에서 늦은 시간이면 들려올 법한 야생 동물의 울음소리조차 들리지 않았다.

'하지만 나무는 존재하는군.'

동물이나 곤충 같이 살아 있는 생명체는 없었지만, 나무나 풀 같은 식물은 있었다.

그 사실에 현성은 살짝 위화감을 느꼈다.

멈칫.

순간 조사대 전원의 발걸음이 멈췄다.

전방에 있는 정찰병이 정지하라는 수신호를 보내고 있었던 것이다.

그 모습에 조사대의 팀원들은 긴장한 표정을 지었다.

전방에 무언가 있다는 의미였으니까.

레드폭스 중대의 병사들은 말없이 수신호를 이리저리 보내며 움직이기 시작했다.

커스텀 K—2 소총으로 무장한 병사 두 명이 빠르게 움직이며 어둠 속으로 사라졌다. 전방을 조사하기 위해 본대보다 먼저 조사를 하러 나선 것이다.

잠시 후.

타타탕!

"으아악!"

"크악!"

어두운 숲 속에서 비명 소리와 총소리가 울려 퍼졌다.

"전원 경계 태세!"

그 소리에 신성일 중위가 다급히 소리쳤다.

그 직후, 어둠 속에서 무언가가 튀어나왔다.

샤샤샥!

어두운 숲 속 너머에서 튀어나온 정체불명의 존재.

"저, 저건……?"

조사대 앞에 모습을 드러낸 존재는 놀랍게도 솜으로 이루어진 인형이었다.

"젠장, 킬러돌이다!"

인형을 확인한 신성일 중위는 욕지거리를 내뱉었다.

킬러돌.

그것은 키가 약 1미터 정도 되는 어린 아이 같은 인형의 모습을 한 전설급 아티팩트이며, 마법 협회 한국 지부에서 위험하다고 판단한 아티팩트 중 하나였다.

"사격 개시!"

킬러돌을 확인한 신성일 중위는 부대원들에게 사격명령을 내렸다.

탕! 타타탕!

조용하던 숲 속에 총소리가 난무하기 시작했다.

킬러돌은 공중에서 몸을 회전시키며 총탄을 피하더니 숲 속 너머의 어둠 속으로 사라졌다.

"좋지 않군. 하필이면 저게 눈을 뜨다니."

킬러돌이 어둠 속으로 모습을 감추자 김태성은 눈살을 찌푸렸다.

"킬러돌이라니. 저건 뭡니까?"

"고대 문명의 전투 병기지. 자네는 마하바라타에 대해 알고 있나?"

"인도의 고대 서사시가 아닙니까?"

마하바라타는 고대로부터 인도에 전해져 내려오는 사건들을 중심으로 신화와 전설을 기록한 대서사시다.

그리고 고대 인도에 대한 방대한 자료가 기록되어 있으며, 바라타 왕조에 대한 전쟁 내용이 수록되어 있었다.

고대 인도의 신화시대에 있었던 전쟁 내용이 기록되어 있는 것이다.

"마하바라타를 보면 현대의 병기를 사용한 것 같은 장면을 묘사하는 내용들이 많이 나온다네. 우리들은 저 킬러돌 또한 마하바라타에 기록되어 있는 전쟁 시대에 만들어진 것이 아닐까 추측하고 있지."

"저게 말입니까?"

현성은 김태성의 말에 놀란 표정을 지었다.

마하바라타에 현대 병기를 묘사한 장면이 있다는 것도 놀라운데, 지금 눈앞에 있는 킬러돌이 그 시대에 만들어진 전투 병기라니……

'설마 내가 사는 세계에 이런 비밀들이 있었을 줄이야.'

그뿐만이 아니다.

지금까지 허구라고만 생각했던 고대신화나 전설이 진짜 존재하고 있다는 사실에 놀라지 않을 수 없었다.

"하지만 어째서 우리들을 공격하고 있는 겁니까?"

"모르겠네. 폭주를 하고 있는 것일 수도 있고, 아니면 그저 프로그램대로 움직이고 있을지도 모르지."

"흠……."

현성은 어둠 속에서 먹이를 노리는 한 마리의 매처럼 이쪽을 노리고 있을 킬러돌을 떠올리며 생각에 잠겼다.

이유가 어찌 되었든 눈앞에 있는 킬러돌은 자신들을 공격했으며, 이미 두 명의 희생자를 냈다.

현성은 본대보다 먼저 전방을 조사하러 앞서 나갔던 정찰병 두 명이 이미 죽었다는 사실을 알고 있었다.

4클래스 마법인 뷰 마나 포스로 탐지한 결과 그들로부터 마나의 기운이 느껴지지 않았기 때문이다.

"젠장."

"빌어먹을."

레드폭스 중대원들도 자신의 동료가 살아남지 못했다는 사실을 직감적으로 느끼고 있는 모양이었다.

그들은 욕지거리를 내뱉으며 침통한 표정을 짓고 있었지만, 주변경계를 게을리하지 않았다.

언제 어느 때 킬러돌이 공격해 올지 몰랐기 때문이다.

그리고 현성을 비롯한 한국 지부 마법사들도 어두운 표정이었다. 너무나 어이없게 인명 피해가 나버렸으니까.

거기다 문제가 한 가지 더 있었다.

'아무런 기운이 느껴지지 않아.'

이유는 모르겠지만, 조금 전 조사대를 급습하고 사라진 킬러돌로부터도 마나가 느껴지지 않았다.

킬러돌이 아티팩트인 이상 마나가 느껴져야 함에도 불구하고 말이다.

샤샤샥!

그때 갑자기 수풀 속에서 킬러돌이 나타나 조사대를 향해 달려들었다.

"온다!"

조사대를 향해 달려드는 킬러돌은 인간의 형태를 가졌으며, 키가 약 1미터 정도로 작았다.

그리고 인도의 전통 복장에 머리에는 터번을 쓰고 있었으며, 양 손에는 고대 인도의 원반형 투척 무기인 차크람을 들고 있었다.

얼굴 또한 나이가 어려 보이는 탓에, 어떻게 보면 인형이아니라 어린아이처럼 보이기도 했다.

쉬이익!

조사대를 향해 몸을 날린 킬러돌은 이내 양손에 들고 있던 차크람을 조사대를 향해 날렸다.

"산개!"

그것을 본 신성일 중위가 다급하게 소리쳤다.

하지만 그의 말보다 차크람이 쇄도해 오는 속도가 몇 배는 더 빨랐다.

두 개의 차크람은 하얀 궤적을 그리며 바로 근처에 있던 레드폭스 중대의 대원 한 명을 향해 달려들었다.

"우, 우와앗!"

레드폭스 중대원은 몸을 피하려고 했지만 차크람이 날아드는 속도에 비해 한없이 느렸다.

'이대로는 당한다!'

순간 현성의 모습이 사라졌다.

"실드!"

채앵!

차크람은 요란한 쇳소리를 내며 반투명한 막에 막혔다.

어느 틈엔가 현성은 차크람이 노리고 있던 대원 앞에 서 있었다. 단거리 공간 이동 마법인 블링크로 이동을 했던 것이다.

그리고 바로 실드를 시전하여 킬러돌이 날린 두 개의 차크람을 막아냈다.

키이잉!

"큭."

하지만 아직 끝이 아니었다.

돌연 차크람이 회전을 하기 시작했다.

"이게 무슨!"

설마 차크람이 스스로 움직일 줄 몰랐던 현성은 얼굴을 찌푸렸다.

"인형 주제에 꽤 하는군."

현성은 회전력으로 실드를 찢으려고 하는 차크람을 바라보며 마법을 시전했다.

"자이언트 너클!"

실드로 차크람을 막고 있는 현성의 양 옆으로 마나로 이루어진 거대한 주먹이 나타났다.

쾅! 쾅!

현성은 자이언트 너클로 차크람을 쳐냈다.

그러자 차크람은 튕겨져 나갔지만 땅에 떨어지지 않고 공중을 비행했다.

그리고 이내 킬러돌의 손으로 돌아갔다.

"차크람을 자유자재로 조종할 수 있다는 말인가?"

현성은 재미있다는 표정으로 킬러돌을 바라봤다.

하지만 킬러돌은 무표정한 얼굴로 현성을 바라보고 있을 뿐이었다.

"발사!"

차크람을 던지고 다시 모습을 드러낸 킬러돌을 보고 신성일 중위가 중대원들에게 사격명령을 내렸다.

개인화기로 무장한 레드폭스 중대의 여덟 명의 대원들이 사격을 개시했다.

타타타탕!

다시 한 번 숲 속을 뒤흔들며 총소리가 울려 퍼졌다.

하지만 킬러돌은 믿기지 않을 만큼 가벼운 몸놀림으로 재빠르게 총탄을 피하며 조사대의 주변을 맴돌았다.

어둠 속에서 조사대를 노리는 킬러돌의 핏빛 눈이 붉은 궤적을 그렸다.

키이잉!

킬러돌은 차크람을 교차 하더니 조사대를 향해 날렸다.

"어딜!"

그것을 본 이진영이 앞으로 나서며 오른 손을 내밀었다. 그녀의 손에는 연두색 에메랄드 보석이 박힌 반지가 끼워져 있었다.

그 상태로 이진영은 외쳤다.

"어시스트 스펠 북!"

—Standing by.

그러자 에메랄드 반지에서 기계적인 여성의 음성이 흘러나왔다.

"트랜스 포메이션!"

이진영의 외침에 에메랄드 반지에서 연두색 빛이 터져 나왔다. 그리고 이진영의 손가락에 있던 에메랄드 반지가 사라지고 책이 한권 나타나 있었다. 그 책이야말로 그녀의 유니크급 아티팩트였으며, 여러 보조 마법들이 기록되어 있는 마도서였다.

"저게 유니크급 아티팩트인가……"

반지에서 책으로 변환되는 장면을 현성은 신기한 표정으로 바라봤다.

이드레시안 차원계에서조차 저런 식으로 물질 변환이 가능한 아티팩트는 존재하지 않았다.

하지만 현대에서는 유니크급 아티팩트에 한해서 물질 변환이 가능했다. 그렇다고는 해도 모든 아티팩트가 가능한 것은 아니었다.

현대의 과학 기술이 접목된 유니크급 이상의 아티팩트만이 가능할 뿐이었다.

그야 말로 고대의 마도 과학 기술과 현대의 과학 기술의 결정체라고도 할 수 있었다.

거기다 그녀는 2클래스 마스터의 보조 전문 마법사.

현성이 주로 즐겨 쓰는 2클래스 마법인 헤이스트나 스트렝스는 그녀의 특기 마법이었으며, 방어 마법이나 회복 마법도 자유자재로 구사할 수 있었다.

그런 그녀에게 어시스트 스펠 북은 딱 맞는 아티팩트였다.

그리고 지금 이진영의 발밑에는 연두색으로 빛나는 마법

진이 전개되어 있었다.

그녀의 아티팩트인 어시스트 스펠 북의 효과로 사용자의 마력을 증폭시켜 주는 마법진이었다.

이진영은 조사대를 향해 쇄도해 오는 차크람의 앞에 서며 어이스트 스펠 북을 마개로 방어 마법을 시전했다.

"실드!"

까앙! 파즈츳!

이진영의 앞에 생겨난 연두빛 방어막과 차크람이 충돌하며 스파크가 튀었다.

쨍강!

"꺄악!"

하지만 얼마 버티지 못하고 연두빛 실드는 유리처럼 깨졌다. 그리고 이진영은 비명을 지르며 나가떨어졌다.

"진영아!"

"누님!"

그렇게 이진영이 나가떨어지자 이진혁과 신강현이 놀란 얼굴로 그녀를 향해 달려갔다.

"나는 괜찮아."

이진영은 얼굴을 살짝 찌푸리며 말했다.

다행히 큰 상처는 없어 보였지만 당분간은 쉬는 게 좋아 보였다.

쉬이익!

그리고 이진영의 실드를 깨부순 차크람은 다시 킬러돌의 손으로 돌아가 있었다.

"괴물 같은 놈."

그것을 본 신강현이 나직이 중얼거렸다.

레드폭스 중대원들의 총탄을 가볍게 피하는가 하면, 자유자재로 조종하고 있는 두 개의 차크람은 매우 위협적이었다.

거기다 인간미라고는 찾아볼 수 없는 무표정한 킬러돌의 모습은 소름이 돋을 정도였다.

"내 여동생을 이런 꼴로 만들다니… 용서할 수가 없군."

이진혁은 킬러돌을 노려보며 인상을 찌푸렸다. 그리고 오른손을 들어 올리며 소리쳤다.

"블러디 대거!"

─Standing by.

그러자 그의 오른 손목에 있는 팔찌에서 남성 기계음이 울려 퍼졌다.

"트랜스 포메이션!"

이진혁의 외침에 팔찌에서 붉은 빛이 터져 나왔다.

얼마 지나지 않아 이진혁의 오른 손에는 팔찌가 사라지고 핏빛처럼 붉은 단검 하나가 들려 있었다.

붉은 단검은 이진혁이 가지고 있는 유니크급 아티팩트였다.

능력은 혈액조작.

푹!

"큭!"

이진혁은 블러디 대거로 망설임 없이 자신의 왼팔을 찔렀다. 블러디 대거를 타고 붉은 핏방울이 똑똑 떨어져 내렸다. 아니, 핏방울들은 땅바닥에 떨어져 내리지 않았다.

이진혁의 앞에서 마치 무중력 공간에 떠 있는 물방울들처럼 뭉쳐 있었던 것이다.

이진혁은 자신의 피로 마법을 사용하는 희귀 계열 3클래스 유저 마법사였다.

"간닷! 블러드 니들!"

자신의 몸에서 어느 정도 피를 뽑아낸 이진혁은 킬러돌을 향해 블러드 마법을 시전했다.

이진혁의 앞에서 뭉쳐 있던 혈액 덩어리에서 작은 바늘 같은 핏줄기들이 킬러돌을 향해 날아든 것이다.

퍼버벅!

그것을 본 킬러돌은 재빠른 몸놀림으로 블러드 니들을 피했다. 그 덕분에 블러드 니들은 지면에 박혔다.

이진혁의 입장에서는 자신의 피만 아깝게 낭비한 것이다.

"아직이다!"

이진혁은 포기하지 않고 블러디 대거를 치켜들었다.

그러자 블러디 대거에서 붉은 빛이 번쩍이더니 이미 지면에 스며들어서 사라졌다고 생각한 피가 다시 돌아오는 게 아닌가?

이것이 이진혁이 가진 블러디 대거의 능력 중 하나였다.

본래라면 블러드 마법으로 소모되었을 자신의 혈액을 블러디 대거의 능력으로 다시 쓸 수 있게 된 것이다.

"블러드 랜스!"

피로 이루어진 붉은 창.

그 섬뜩한 붉은 창을 소환한 이진혁은 킬러돌을 바라봤다.

"가랏!"

붉은 창은 킬러돌을 향해 어둠을 가르며 쇄도했다.

3클래스 마법인 블러드 랜스는 1클래스 마법인 블러드 니들과는 위력이 전혀 달랐다.

하지만 스피드는 블러드 니들보다 느렸다.

샤샤샥!

킬러돌은 블러드 니들 때보다 더욱 손쉽게 블러드 랜스를 피했다.

그 모습을 본 이진혁은 피식 웃었다.

"흥. 이번에는 쉽지 않을 걸?"

무슨 이유인지는 모르지만 이진혁은 자신감이 넘치는 표정을 짓고 있었다.

그리고 이내 그 이유가 드러났다.

"……!"

분명 킬러돌이 피하고 사라질 거라 생각했던 블러드 랜스가 여전히 건재해 있었으며, 마치 살아 있는 생명체처럼 집요하게 킬러돌을 추적하고 있었던 것이다.

"나의 아티팩트를 무시하면 안 되지."

이진혁은 붉게 빛나고 있는 블러디 대거를 치켜들며 미소를 지었다.

블러드 니들 같이 작고 많은 개체들은 조종하기 힘들지만, 블러드 랜스처럼 큰 개체는 조종하기 수월했다.

그리고 이걸로 끝이 아니었다.

비록 블러드 랜스를 조종하여 킬러돌을 쫓을 수 있게 만들었다고 해도 속도가 느리면 말짱 도루묵이었다.

킬러돌이라면 얼마든지 피할 수 있을 테니까.

그 때문에 이진혁은 블러디 대거의 능력을 사용했다.

"부스트!"

파아앙!

이진혁의 외침에 블러드 랜스의 속도는 공기의 층을 가르며 가속했다. 순식간에 음속을 돌파한 것이다.

"……!"

쾅!

이번만큼은 피할 수 없었는지 킬러돌은 차크람을 교차하며 블러드 랜스를 막았다.

이윽고 블러드 랜스와 킬러돌은 힘겨루기에 들어갔다.

"걸렸군."

그 모습을 본 이진혁은 입가에 미소를 띠웠다.

"블러드 익스플로젼!"

콰아아앙!

돌연 블러드 랜스가 폭발했다.

폭발한 블러드 랜스는 작은 핏방울이 되어 비산하면서 킬러돌의 몸을 두들겼다.

이진혁이 블러디 대거로 조종한 탓에 폭발의 피해는 고스란히 킬러돌에게만 돌아갔다.

잠시 후, 붉은 핏방울을 뒤집어쓰고 너덜너덜해진 킬러돌이 모습을 드러냈다.

한눈에 봐도 상태가 좋아 보이지 않았다.

"이때다, 전원 사격!"

그 틈을 놓치지 않고 신성일 중위가 사격명령을 내렸다.

타타타타탕!

K-11 복합소총 및 K-2 소총과 K-14 저격총이 불을 뿜는다.

블러드 랜스의 폭발을 고스란히 뒤집어쓴 킬러돌은 쏟아지는 총탄을 버틸 수 없었다. 킬러돌은 피 대신 하얀 솜을 허공에 뿌리며 무너져 내려갔다.

킬러돌의 허무한 최후였다.

"드디어 쓰러뜨렸군."

조사대 일행은 바닥에 쓰러져 있는 킬러돌을 내려다보며

한시름 놓은 표정을 지었다. 그리고 킬러돌을 확인한 현성은 신기한 표정으로 입을 열었다.

"정말 인형이네요."

하얀 솜이 찢겨져 있는 단순한 인형.

전설급 아티팩트라고 할 정도면 무언가 특별한 게 있을 거라 생각했지만, 킬러돌은 어디서나 볼 수 있는 봉제 인형에 지나지 않았다.

이런 인형이 불과 조금 전까지 지근거리에서 총탄을 피하고 조사대의 애를 먹이고 있었다니.

"바로 그때문에 전설급 아티팩트라고 하는 것이지."

인간의 이해를 초월한 물건.

그것이 오파츠(Out Of Place Artifacts:장소에 어울리지 않는 유물)다.

"음? 이건……?"

그때 현성은 킬러돌의 터번 안에서 무언가 이상한 물체를 발견했다.

그것은 지름 1센티미터 정도 되는 작은 원형물체였다.

색깔은 검은색이었으며, 어떻게 보면 안테나처럼 보이기도 했다.

"킬러돌에게 이런 건 없었을 텐데……."

"저도 이런 건 없다고 알고 있습니다."

현성의 말에 검은색 물체를 본 김태성과 한국 지부 마법사들은 의아한 표정을 지었다.

거기다 문제는 이 물체가 킬러돌의 이마 정중앙에 박혀 있었다는 사실이었다.

날카로운 눈으로 검은색 물체를 살피던 현성은 이윽고 결론을 내렸다.

"이건 마치 수신기처럼 보이는군요."

"수신기라니? 대체 누가 이런 걸……."

그 말에 일행은 놀란 표정을 지었다.

검은색 물체가 수신기라면 누군가 킬러돌을 조종하고 있었다는 소리였기 때문이다.

"아무튼 연구소에 가보도록 하죠."

현성의 말에 일행은 고개를 끄덕였다.

분명 모든 해답은 아티팩트 비밀 연구소에 있으리라.

조사대는 다시 비밀 연구소를 향해 이동을 시작했다.

제 11 장
언노운 생명체

킬러돌을 처리한 조사대는 아티팩트 비밀 연구소를 향해 움직이고 있었다. 그리고 이동 도중 킬러돌에게 당한 레드폭스 중대원들을 발견했다.

그들은 믿을 수 없다는 표정으로 눈도 감지 못한 채 킬러돌의 차크람에 목이 베여 쓰러져 있었다.

그것을 본 레드폭스 중대원들은 애써 눈물을 참으며 그들의 눈을 감겨 주었다.

그 후 사망한 중대원들을 이대로 놔둘 수 없다는 신성일 중위와 한시바삐 임무를 수행해야 된다는 김태성 사이에 언쟁이 잠시 오고갔다.

결국 김태성의 의견대로 조사대는 사망한 중대원들을 뒤로 하고 임무수행 쪽을 선택했다.

지금 이 순간에도 연구소에서 살아남았을 지도 모르는 연구원들이 있을지도 몰랐으니까.

하지만 사망자가 나왔다는 사실과, 생각보다 임무가 어려워졌다는 사실에 조사대의 분위기는 무거워졌다.

"……."

조사대는 아무 말 없이 그저 묵묵히 숲 속의 오솔길을 걷고 있었다.

하지만 얼마 가지 않아 그들은 발걸음을 멈췄다.

"망할……."

레드폭스 중대원들 중 한 명이 나직한 목소리로 뇌까렸다.

지금 조사대의 앞에는 뜻밖의 인물들이 나타나 있었던 것이다.

하얀 가운을 입고 조사대를 반기고 있는 사람들.

다름 아닌 아티팩트 비밀 연구소의 연구원들이었다.

―으어어어.

연구원들은 초점을 잃은 눈으로 의미 불명의 목소리를 내며 숲 속을 배회하고 있었다.

그 모습을 본 이진영은 멍한 목소리로 중얼거렸다.

"죽어… 있는 건가요?"

연구원들의 모습은 그렇게밖에 생각할 수 없었다.

느릿느릿한 움직임, 때때로 들려오는 괴성들.

─크워?

순간 연구원들의 시선이 조사대를 향했다.

그들의 얼굴은 삐적 마른 해골을 연상시켰다. 그리고 이내 조사대를 향해 괴성을 지르며 미친 듯이 달려왔다.

─크아아아아!

"사격! 빨리 발포해!"

타타탕!

레드폭스 중대원들은 자신들을 향해 달려오는 연구원들을 총탄을 갈겼다. 빗발치는 총탄을 맞으면서도 연구원들은 조사대를 향해 달려오는 것을 멈추지 않았다.

맞아도 꿋꿋하게 달려들었다.

하지만 레드폭스 중대원들의 화기는 결코 녹록한 물건이 아니었다.

"20mm 공중폭발유탄 발사!"

"발사!"

쾅! 콰쾅!

연구원들의 뒤에서 수많은 파편들이 들어 있는 유탄이 폭발했다. 그 폭발에 연구원들은 픽픽 쓰러져 갔다.

그리고 조사대 근처까지 다가온 연구원들도 결국 5.56mm 소총탄 앞에 무릎을 꿇었다.

킬러돌에 비하면 연구원들은 약하기 짝이 없었다.

잠시 후, 약 열 명 정도 되던 연구원들은 레드폭스 중대의 활약으로 침묵했다.

"이미 늦어버렸네요……."

바닥에 쓰러져 있는 연구원들을 바라보며 이진영은 침울한 목소리로 입을 열었다.

눈앞에 있는 연구원들을 구하러 자신들이 파견되었건만 이미 그들은 이미 살아 있는 시체가 되어버렸으니 말이다.

하지만 아직 희망은 있었다.

비밀 연구소에서 근무 중인 연구원들은 대략 백여 명 정도 되었으니까.

분명 백 명 중에서 살아남은 사람들도 있으리라.

"대체 무슨 일이 생기고 있는 겁니까?"

시체가 되어서도 달려드는 연구원들의 변이된 모습에 신강현이 얼굴을 찌푸리며 입을 열었다.

이번 임무가 위험하다는 사실은 충분히 알고 있었다.

비밀 연구소에 위험하다고 판단된 아티팩트들이 존재하고 있다는 사실을 알고 있었으니까.

하지만 사람을 살아 있는 시체처럼 바꾸는 아티팩트라니?

신강현의 기억에는 그런 아티팩트가 없었다.

"나도 모른다. 자료에는 이런 일을 일으킬 만한 아티팩트는 존재하지 않으니까."

신강현의 말에 김태성이 차가운 목소리로 대답했다.

김태성 또한 신강현과 마찬가지였다.

그도 이런 일은 처음이었다.

"임무는 속행한다. 비밀 연구소에서 무슨 일이 있었는지 조사하는 게 우리들 일이니."

"……."

김태성의 말에 조사대는 아무 말도 하지 않았다.

그 말대로였기 때문이다.

자신들의 임무는 비밀 연구소 내부의 조사와 신화급 아티팩트인 청동거울의 회수였다.

조사대는 다시 발걸음을 옮기며 비밀 연구소로 이동하려고 했다.

바로 그 순간!

슈우우웅! 콰아아앙!

"무, 무슨 일이야?!"

돌연 조사대 옆에서 폭발이 일어났다.

그 때문에 조사대는 다급히 몸을 숙였다.

―크워어어어!

"……!"

그리고 조사대는 하나같이 표정을 굳혔다.

어둠 속 저 너머에서 하얀 가운을 입은 연구원들이 자신들을 향해 미친 듯이 달려오고 있었기 때문이다.

하지만 문제는 그뿐만이 아니었다.

어둠 속에서 각양각색의 불빛들이 보였다.

"저, 저건?"

신성일 중위가 의문을 표했다. 그리고 이내 불빛들의 정체를 눈치챈 이진혁이 욕지거리를 내뱉었다.

"이런 빌어먹을! 위험 지정 아티팩트들이 저렇게나……."

불빛들의 정체는 마법 협회 한국 지부에서 위험하다고 지정한 아티팩트들이었다.

살아 있는 시체들이 손에 위험 지정된 아티팩트들을 들고 조사대를 향해 미친 듯이 뛰어오고 있는 것이다.

"전원 전투 준비! 사격 개시!"

어느 정도 거리가 있을 때, 연구원들을 제압하기 위해 신성일 중위는 명령을 내렸다.

타타타타탕!

슈웅! 콰아앙!

잠시 후, 숲 속은 레드폭스 중대의 사격 소리와 연구원들이 아티팩트로 구현하여 갖가지 속성 마법으로 공격을 하는 소리로 가득 찼다.

*　　　*　　　*

하얀 달빛과 별빛이 쏟아지는 어두운 바다.

한국과 일본의 경계를 짓는 해안경계선에서 어선이 한 척

통통거리며 지나가고 있었다.

"이 이상 갈 수 없습니다."

어선의 선장으로 보이는 중년 사내가 입을 열었다.

그러자 중년 사내의 등 뒤에서 검은색 암행복을 입고 있는 자가 답했다.

"수고했다. 여기까지 오면 충분하지."

암행복의 사내는 복면 안에서 웃음을 흘렸다.

사내의 정체는 마법 협회 일본 지부 소속의 마법사였다.

이름은 키리카쿠레 사루토비.

그는 차가운 목소리로 자신과 선장 외에 아무도 없는 어선 내부를 향해 말했다.

"전원 준비하라."

그러자 사루토비와 같은 복장을 하고 있는 검은색 암행복의 사내들이 일제히 어선에서 모습을 드러내는 게 아닌가?

"밤은 우리들의 시간이지."

그 말을 끝으로 사루토비는 날렵하게 어선에서 뛰어내렸다.

그의 행동은 자살행위와 다름없었다.

이런 추운 겨울밤에 차가운 바다 속으로 뛰어드는 행위를 자살이 아니면 무엇이라 할 수 있을까?

이제 곧 사루토비가 바다에 빠지는 소리와 살려달라는 비명 소리가 들려오리라.

"……."

하지만 아무리 기다려도 사루토비가 바닷물 속으로 빠지는 소리는 들려오지 않았다.

하긴, 그럴 수밖에.

지금 그는 하얀 달빛 아래에서 어두운 바닷물 위에 고고히 서 있었으니까.

획획!

그리고 사루토비의 뒤를 이어 어선에 타고 있던 암행복의 사내들이 바다 위로 뛰어내렸다.

그들은 놀랍게도 바닷물 속으로 빠지지 않았다.

전원 어두운 바닷물 위에 서 있었던 것이다.

"이 앞에 대일본제국의 삼신기 중 하나인 야타노카가미가 있다. 우리들의 목적은 야타노카가미를 조센징 놈들에게서 탈취하는 것이다. 그리고 대일본제국의 이름으로 쓰레기 같은 조센징들에게 정의의 철퇴를!"

"모든 건 대일본제국의 영광을 위해!"

"대일본제국 만세!"

그들은 말도 안 되는 이상한 논리로 대한민국을 욕하면서 일본 찬양을 아끼지 않는 광신적인 모습을 보였다.

그리고 그들은 마법 협회 일본 지부에 청동거울을 탈취하기 위해 보낸 비밀부대였다.

드디어 일본 지부에서 청동거울이 숨겨져 있는 환상의 섬의 위치를 판명한 것이다.

"밤은 우리들의 시간이지."

사루토비는 하얀 달빛 아래에서 기분 나쁜 미소를 지으며 말했다.

잠시 후, 그들은 재빠르게 다리를 놀리며 바다 위를 달리기 시작했다.

마법 협회 일본 지부 소속 마법사 키리카쿠레 사루토비와 그의 휘하부대.

일본 지부 소속의 마법사들은 그들을 마법사라고 부르지 않는다.

다만, 그들을 마지막 닌자들이라고 불렀다.

그렇게 마법 협회 일본 지부의 닌자들이 해안경계선에서 인천 서해 쪽으로 사라지자 홀로 남은 어선은 다시 일본으로 돌아가기 시작했다.

잠시 후, 일본과 한국을 구분하는 해안 경계선에는 파도 소리만이 을씨년스럽게 들려올 뿐이었다.

마치, 처음부터 아무것도 없었던 것처럼.

*   *   *

"……."

조사대는 아티팩트를 들고 습격한 연구원들을 전원 처리

했다. 금기되어 있는 아티팩트를 가진 연구원들은 상당히 위협적이었다.

하지만 레드폭스 중대원들과 현성을 비롯한 마법사들이 서로 힘을 합쳐 살아 있는 시체가 된 연구원들을 쓰러뜨릴 수 있었다.

"대체 연구소에서 무슨 일이 벌어지고 있는 걸까요?"

이진영이 걱정스러운 표정으로 말문을 열었다.

"연구소에 가보면 알 수 있겠지."

그녀의 말에 김태성이 차갑게 대꾸했다.

그리고 조사대를 바라보며 명령을 내렸다.

"이제 이동한다. 언제까지 꾸물거리고 있을 셈이냐?"

그 말에 조사대는 죽상을 썼다. 그리고 신성일 중위는 말도 안 된다는 표정을 지었다.

"모두 지쳐 있습니다. 그리고 다친 사람도 있지 않습니까? 잠시 쉬는 게 낫다고 생각합니다."

"그게 무슨 소리지? 지금은 한시라도 빨리 임무를 완수해야 한다. 쉬는 건 그 이후에 해라."

"여기에 있는 부상자가 보이지 않습니까? 이대로는 임무를 완수할 수 없습니다."

"그럼 부상자는 이곳에 두고 간다."

"그게 무슨 말도 안 되는 소리입니까!"

김태성의 말에 신성일 중위는 어처구니없는 얼굴로 소리

쳤다. 하지만 김태성은 확고한 표정이었다.

이에 보다 못한 현성이 나섰다.

"저도 신성일 중위님의 의견에 찬성입니다. 잠시 쉬고 가는 게 어떻습니까?"

현성의 말에 김태성은 벌레 씹은 얼굴 마냥 표정이 일그러졌다.

"자네가 아무리 실력이 있다고 하나 내 권한에 이의를 달지 말게!"

'고집불통이로군.'

현성은 속으로 살짝 인상을 썼다.

지금 조사대는 지친 기색이 역력했다.

킬러돌의 습격에 이어 살아 있는 시체가 되어버린 연구원들을 습격까지 받았으니 말이다.

다만 한 가지 다행인 점은 이번엔 사상자가 나오지 않았다는 점이었다.

하지만 부상자는 나왔다.

그래서 이진영이 이리저리 뛰어다니며 부상자들에게 회복 마법을 걸어주고 있었다.

이런 상황에서 임무를 속행한다니.

"그럼 저는 이곳에 부상자와 함께 남겠습니다. 임무를 수행하고 싶으시면 혼자 하시죠."

현성은 김태성에게 강수를 두었다.

그러자 김태성의 얼굴이 사정없이 일그러졌지만, 현성은 신경 쓰지 않았다.

아무리 김태성이 고집불통이라고 해도 현성을 당해낼 수 없었다. 김태성은 차가운 눈으로 현성을 노려본 후 입을 열었다.

"알겠네. 잠시 쉬고 가도록 하지."

결국 김태성은 한수 접고 물러났다.

지금까지 가장 큰 공로를 세운 사람이 누구냐고 하면 단연코 현성이었다.

아티팩트를 들고 나타난 연구원들의 공격을 대부분 막아주었으니까.

현성의 활약 덕분에 조사대는 기적적으로 사상자가 나오지 않고 부상자만 나왔다.

만약 현성이 연구원들의 아티팩트 공격을 막아주지 않았다면 조사대는 큰 피해를 입었을 것이다.

그런 현성이 부상자와 함께 남아버린다면 전력 손실이 이만저만이 아니었다.

김태성은 아무리 현성이 마음에 들지 않아도 실력만큼은 인정하고 있었다.

"그럼 부상자들을 치료하고 잠시 휴식하도록 하겠습니다."

현성의 말을 끝으로 조사대는 자리에 풀썩 쓰러지듯이 주저앉았다.

그렇게 조사대가 쉬고 있는 사이 현성은 주변에 아무렇게나 널브러져 있는 연구원들을 조사하기 위해 다가갔다.

그리고 현성의 행동에 흥미를 느낀 이진혁과 신강현도 따라왔다. 현성을 비롯한 이진혁과 신강현은 바닥에 엎드린 채 쓰러져 있는 연구원 한 명을 뒤집었다.

"이건……?"

그리고 그들은 발견할 수 있었다.

지금까지 어둠속에서 연구원들과 정신없이 싸우던 터라 자세히 살펴볼 여유가 없어서 몰랐는데, 지금 보니 연구원의 이마에 무언가 검은색 물체가 붙어 있는 모습이 보였던 것이다.

"이건 킬러돌에 붙어 있던 것과 동일한 물체가 아닙니까?"

"그런 것 같네요."

이진혁의 질문에 현성은 놀란 목소리로 대답했다.

연구원의 이마에는 지름 2cm 정도 되는 원형 물체가 붙어 있었다. 비록 크기는 연구원의 이마에 붙어 있는 물체가 조금 더 컸지만, 형태는 킬러돌의 이마에 붙어 있던 물체와 똑같이 생겼다.

"설마 다른 연구원들의 이마에도?"

현성을 비롯한 이진혁과 신강현은 재빨리 주변에 있는 연구원들의 이마를 확인했다.

그리고 다른 연구원들의 이마에도 동일한 물체가 붙어 있다는 놀라운 사실을 확인할 수 있었다.

"이건 도대체……?"

현성은 검은색 물체를 날카롭게 노려봤다.

대체 이 물체의 정체는 무엇이란 말인가?

한참 검은색 물체를 노려보던 현성은 손으로 그것을 잡았다.

"자, 잠……!"

그것을 본 이진혁이 현성을 말리려고 했지만 이미 현성은 한 연구원의 이마에 붙어 있는 검은색 물체를 손으로 잡아 뜯은 후였다.

"……!"

검은색 물체는 안테나처럼 생긴 원형에 기다란 선 같은 것이 붙어 있었다. 그리고 그 선 부분은 연구원의 이마 속에서 계속 딸려 나왔다.

그 길이는 무려 5cm나 되었으며 머리를 관통하고도 남았다.

"이, 이건 대체……?"

그것을 본 이진혁은 눈을 부릅떴으며 현성은 눈살을 찌푸렸다.

'좋지 않군.'

아무래도 이 정체불명의 검은색 물체는 인도 신화시대 때

활약하던 전투병기와 시체가 되어버린 연구원들을 조종한 게 확실해 보였다.

그렇다면 대체 누가 이 물체를 이용해서 조종을 한 것일까?

키이잉!

"......!"

순간 검은색 물체가 진동했다.

그 충격에 현성은 검은색 물체를 놓쳤다.

그리고 땅바닥에 떨어진 검은색 물체의 선 부분에서 가지처럼 다리가 돋아나는 게 아닌가?

또한 선의 끝 부분에는 작은 입 같은 것도 생겨났다.

키에엑!

검은색 물체는 현성의 얼굴을 향해 입을 들이대며 튀어 올랐다.

"어딜!"

현성은 재빠르게 검은색 물체를 다시 손으로 잡았다.

키이!

검은색 물체는 마치 살아 있는 생물처럼 현성의 손에서 도망치기 위해 꿈틀거렸다.

"파이어."

화아악!

키에엑!

현성은 1클래스 화염 마법을 시전했다.

단순히 화염을 솟구치게 만드는 마법이었지만 검은색 물체에게 치명타를 주기에는 부족함이 없었다.

검은색 물체는 비명 같은 걸 내지르며 한줌의 재가 되어 바람에 날려 사라져 버렸으니까.

"어쩌면 우리는 어처구니없는 것과 조우하게 될지도 모르겠군요."

현성은 확신했다.

조금 전 검은색 물체는 지구상에 없는 생명체라고.

하지만 현성의 생각은 오래 이어지지 못했다.

키이이!

재가 되어 사라져 버린 검은색 물체, 아니 정체불명의 생명체가 괴성과 함께 연구원들의 이마에서 빠져나오고 있었던 것이다.

"이런!"

분명 검은색 생명체는 조사대를 노릴 것이리라.

검은색 생명체는 크기가 작은 탓에 만약 공격을 해온다면 일반 화기로 무장한 레드폭스 중대는 속수무책으로 당할 수밖에 없었다.

그 말은 곧 산 채로 연구원들처럼 살아 있는 시체가 되어버린다는 소리와도 같았다.

그나마 김태성이나 이진영 같은 마법사들이 대응할 수 있을 테지만, 그래봤자 시간문제일 뿐이었다.

"빨리 조사대로!"

현성은 이진혁과 신강현을 데리고 황급히 조사대가 있는 쪽으로 움직였다.

키이익.

"……?"

하지만 검은색 생명체는 조사대가 있는 쪽으로 가지 않았다. 그것들은 조사대에서 조금 떨어진 곳으로 가고 있었다.

'뭐지?'

당연히 조사대를 공격할거라고 생각했던 현성은 의아한 표정을 지었다.

'다행이군. 이대로 조사다가 저것들에게 습격당했으면 바로 끝장나 버렸을 테니 말이야.'

그 사실에 안도하며 현성은 조사대와 합류했다.

"지금 당장 이곳을 떠나야겠습니다."

"무슨 일인가?"

"킬러돌의 이마에 있던 안테나 같이 생긴 물체가 연구원들의 이마에도 있다는 사실을 알아냈습니다. 그리고 그 물체는 살아 있는 생명체였습니다."

"뭐라고?"

김태성의 얼굴이 놀람이 스쳐 지나갔다.

"아무래도 그 생명체가 킬러돌과 연구원들을 조종한 것 같습니다."

"그런 바보 같은 일이……."

김태성은 믿기지 않는 표정을 지었다.

"아무튼 지금 이러고 있을 시간이 없습니다. 그것들이 지금 공격해 오면 반격하기가 쉽지 않을 겁니다. 잘못하면 연구원들처럼 될지도 모릅니다."

"그게 사실인가?"

현성의 말에 김태성은 이진혁과 신강현을 바라봤다.

"그의 말이 맞습니다. 저희들도 두 눈으로 똑똑히 봤어요."

"이하동문입니다."

이진혁과 신강현은 현성의 말을 두둔했다.

김태성은 잠시 생각에 잠기는 듯하더니 고개를 끄덕였다.

"알겠네."

김태성은 이대로 임무를 포기할 생각이 없었다.

일단 지금은 현서의 말대로 자리를 이동하기로 결정을 내렸다.

그렇게 조사대가 이동을 하기 위해 움직이려고 할 때였다.

쿠웅!

숲 전체를 진동시키는 굉음이 조사대 근처에서 울려 퍼졌다.

"……!"

그 소리에 놀란 조사대는 주변을 살폈다.

그리고 그들은 볼 수 있었다. 약 10여 미터 떨어진 곳에서 붉은 눈을 번득이고 있는 정체불명의 생명체를.

"저, 저게 뭐야……."

어둠 속에서 몸을 숨기고 있었지만 그 크기를 숨길 수는 없었다. 높이 약 3미터에 길이가 5미터에 달하는 거대한 정체를 알 수 없는 무언가가 그곳에 있었다.

제 12 장
절체절명의 위기

생김새는 전체적으로 사마귀 같은 곤충처럼 보였다.

거대한 몸통에 붙어 있는 여섯 개의 다리. 그리고 상체는 낫과 같은 앞다리가 붙어 있었으며 얼굴은 흡사 개미와도 같았다.

키에에엑!

정체불명의 생명체는 조사대 앞에서 한차례 포효했다.

그러더니 조사대 쪽을 노려봤다.

불쑥!

순간 정체불명 생명체의 양 어깨에서 무언가가 솟아났다.

그것은 생체 기관처럼 보였다.

키이이이잉!

그리고 그곳에서 모여지기 시작하는 하얀 빛의 입자들.

"서, 설마!"

그것을 본 조사대들은 놀란 표정을 지었다.

지금 정체불명의 생명체가 무엇을 하려고 하는지 그들은 확실히 잘 알고 있었다.

푸슈우우웅!

잠시 후 조사대를 향해 하얀 빛이 쇄도했다.

콰아아아앙!

어둠을 가르며 쇄도한 하얀 빛줄기는 조사대를 지나친 후 지면에 격돌하면서 대폭발을 일으켰다.

그 모습을 본 조사대는 얼이 빠진 표정을 지었다.

"레, 레이저라고……?"

조사대는 눈을 부릅뜨며 정체불명의 생명체를 노려봤다.

"저건 정말 생명체인가……?"

눈앞에 있는 정체불명의 생명체를 바라보며 김태성은 허탈한 목소리로 중얼거렸다.

아무리 봐도 자연 발생적인 생명체는 아닌 것 같았으니까.

슈욱.

조사대를 공격했던 생체 기관은 다시 몸속으로 들어갔다.

몸속에서 에너지 충전을 하려는 모양이었다.

"이때다! 사격 개시!"

정체불명의 생명체가 한차례 공격을 한 후 주춤거리는 듯한 모습을 보이자 신성일 중위가 레드폭스 중대원들에게 공격명령을 내렸다.

타타타탕!

이윽고 레드폭스 중대원들은 정체불명의 생명체에 대한 공포심을 떨쳐내고 총탄을 발포했다.

하지만 그것은 되려 그들에게 공포심을 조장하는 일이 되었을 뿐이었다.

빗발치는 총탄 앞에서 정체불명의 생명체는 아무런 동작을 보이지 않았다. 단지, 그 자리에 가만히 있었다.

하지만 총탄이 정체불명의 생명체에게 닿으려는 순간 붉은색 방어막 같은 것이 나타났다.

투두두둑.

방어막에 닿은 총탄은 운동 에너지를 잃고 그 자리에서 빗방울처럼 떨어져 내렸다.

"배, 배리어······?"

놀랍게도 정체불명의 생명체는 몸에서 에너지장을 방출하고 있었던 것이다.

"무슨 저런 말도 안 되는······."

신성일 중위는 두 눈을 부릅뜨고 정체불명의 생명체를 노려봤다.

'성가시게 됐군.'

정체불명의 생명체와 레드폭스 중대 간의 한차례 공방전을 본 현성은 눈살을 찌푸렸다.

고출력 레이저 캐논과 배리어를 가진 생명체.

그것이 의미하는 바는 단 한 가지밖에 없었다.

'저건 분명 생체병기다.'

자연적으로 태어난 생명체가 레이저 병기와 배리어를 가지고 있을 리 만무했다.

하지만 문제는 지구상에는 저런 병기가 존재하지 않는다는 사실이었다.

그렇다면 대체 어디서 나타난 것일까?

'설마 신화급 아티팩트인 청동거울과 관련이 있는 건가?'

현성은 비밀 연구소에서 정확히 어떤 실험을 하고 있는지 자세히 알지 못했다.

그 때문에 정확한 답을 내리기 힘들었다.

'아직 정보가 너무 적어. 속단은 금물이지.'

기이잉.

그때 레드폭스 중대의 총탄 세례를 받고 있던 정체불명의 생명체, 아니 생체병기가 몸을 움직이기 시작했다.

생체병기가 움직일 때마다 무언가 기계음이 돌아가는 듯한 소리가 났다.

키에엑!

생체병기는 상체에 달려 있는 낫처럼 생긴 앞발을 휘둘

렀다.

하지만 조사대와 생체병기 사이의 거리는 약 10여 미터.

당연히 공격은 닿지 않았다.

그러나 그때 현성은 보았다.

검고 작은 물체가 조사대를 향해 무수히·날아오는 모습을.

"이레이저!"

현성은 다급히 3클래스 빛 계열 마법을 시전했다.

현성의 손에서 초고열의 빛이 생체병기가 날린 검은 물체와 맞부딪쳤다.

펑! 퍼퍼펑!

키에엑!

초고열선에 닿은 검은 물체들은 고통스러운 소리를 내며 터져나갔다.

"역시 킬러돌과 시체들을 조종하던 것은 네놈이었나 보군."

현성은 굳은 표정으로 말했다.

조금 전 생체병기가 날려 보낸 작은 물체는 킬러돌과 연구원들을 조종하던 검은색 생명체였던 것이다.

"저게……?"

현성의 말에 조사대는 놀란 표정을 지었다.

"그럼……."

현성은 눈앞에 있는 온통 검은색 일색인 생체병기를 노려봤다. 그리고 신체강화술인 레이포스를 활성화시키고 보조 마법인 스트렝스와 헤이스트를 몸에다 걸었다.

"라이트닝 스피어!"

현성은 생체병기를 향해 3클래스 마법을 날렸다.

쾅! 파지직!

번개로 이루어진 창은 생체병기와 격돌하기 전 배리어에 막혀 방전했다.

"이 정도로는 통하지 않는다는 건가?"

생체병기의 배리어는 무수히 많은 손바닥 크기만 한 육각 형들로 이루어져 있었다.

데미지 분산이 쉬운 구조로 되어 있는 탓에 생각 이상으로 견고했다.

"플라이."

현성은 공중으로 몸을 띄웠다.

그리고 다중 캐스팅으로 동시에 여러 마법을 시전했다.

"파이어 랜스, 윈드 스피어, 록 스피어!"

현성의 머리 위로 화염과 바람, 그리고 암석으로 이루어진 마법의 창들이 생성됐다.

"가랏!"

세 가지 속성으로 이루어진 마법의 창들이 생체병기를 향해 쇄도했다.

쾅! 콰콰쾅!! 콰콰쾅!!!

생체병기의 배리어와 현성의 마법이 격돌하면서 어마어마한 굉음과 폭발이 일어났다.

잠시 후, 폭발로 생긴 먼지와 흙이 걷히며 불긴한 붉은색 배리어를 내뿜고 있는 생체병기가 모습을 드러냈다.

그리고 붉은색 배리어는 흠집 하나 나 있지 않았다.

"역시 이 정도로는 무리다라는 건가."

자신의 공격에 흠집 하나 없는 생체병기를 바라보며 현성은 눈살을 찌푸렸다. 현대에서 눈앞에 있는 생체병기처럼 강한 존재는 처음이었다.

벌컥!

그때 생체병기의 몸에 변화가 생겼다.

등 부분의 갑각류의 껍질 같은 게 열린 것이다.

껍질 아래에 드러난 것은 붉은색 광구였다.

즈즈증!

"……!"

순간 광구에서 붉은색 레이저가 현성을 향해 솟구쳐 올라왔다.

"큭!"

현성은 다급히 공중에서 방향을 틀며 붉은색 레이저를 피했다.

하지만…….

"이, 이건 설마 호밍 레이저?"

붉은색 레이저는 현성이 피하는 쪽으로 꺾이며 따라 붙은 것이다.

"트리플 실드!"

현성은 다급하게 4클래스 마법인 트리플 실드를 시전했다.

슈우욱!

순식간에 현성의 앞에 나타난 세 겹의 투명한 방패가 붉은 레이저의 고열을 이기지 못하고 차례차례 하나씩 녹아갔다.

하지만 현성이 피할 수 있는 시간은 충분히 만들어주었다.

"블링크!"

현성은 단거리 공간 이동 마법으로 붉은 레이저를 피했다. 목표물을 잃음 붉은색 레이저는 하늘 너머로 사라졌다.

그리고 지금 현성의 눈앞에는 생체병기의 뒷모습이 있었다.

현성은 오른손 주먹을 꽉 쥐며 소리쳤다.

"슈바르츠 슈페어(Schwarz Speer: 칠흑의 마창)!"

―Standing by.

현성은 이미 양손에 마법 협회 한국 지부에서 지급받은 유니크급 아티팩트인 검은색 장갑을 끼고 있었다.

그 장갑에서 이진영의 아티팩트처럼 기계적인 여성의 음성이 흘러나왔다.

"트랜스 포메이션!"

현성의 외침에 검은색 장갑의 손등에 그려져 있는 금색 마법진에서 금빛 섬광이 터져 나왔다.

그리고 현성이 끼고 있던 검은색 장갑이 사라지고 대신 칠흑의 마창이 나타났다.

길이 약 1.5미터의 검은색 창.

이것이 현성 전용으로 주어진 아티팩트였다.

현성은 마창에 마나를 주입하기 시작했다.

그러자 현성의 몸 안에 존재하는 다섯 개의 마나 서클이 맹렬히 회전한다. 이번 일격에 생체병기의 성가신 배리어를 날려 버릴 작정이었다.

"슈바르츠 블레쳐(Schwarze Brecher: 칠흑의 파괴자)!"

현성은 칠흑의 마창이 가지고 있는 고유 능력을 발동시켰다. 현성의 아티팩트 또한, 이진혁의 아티팩트인 블러디 대거처럼 고유 능력이 있었다.

유니크급 아티팩트라면 거의 다 가지고 있는 편이었다.

콰지지직!

현성이 발동 시킨 슈바르츠 블레쳐는 이름 그대로 모든 것을 파괴하는 초진동 공격이었다.

과연 고속으로 진동하는 칠흑의 마창 앞에 누가 맞설 수 있을까?

칠흑의 마창은 붉은색 배리어를 파괴하기 위해 굉음을 토해냈다. 그리고 현성은 생체병기의 배리어를 부수기 위해 대량의 마나를 마창에 쏟아부었다.

"가랏!"

콰장창!

5서클의 마나를 쏟아부은 덕분일까.

칠흑의 마창은 기어이 배리어를 꿰뚫었다.

키이익!

굳게 믿고 있던 붉은 색 배리어가 깨어지고 사라지자 생체 병기는 당황하는 모습을 보였다.

"이제는 내 차례야."

현성은 생체병기를 바라보며 씩 웃었다.

"펜타 맥스 헤이스트!"

현성은 헤이스트 마법을 한계까지 시전했다.

이전에는 세 번까지가 한계였지만, 현재는 총 다섯 번인 펜타까지 시전할 수 있었다.

펜타 맥스 헤이스트를 시전한 현성의 몸이 동체 시력으로 보이지 않을 만큼 빨라졌다. 그 상태로 현성은 생체병기를 향해 달려들었다.

휙휙!

생체병기는 낫과 같은 앞다리를 휘두르며 현성을 견제하려고 했다. 하지만 헤이스트 마법을 다섯 번이 건 현성의 움직임을 잡을 수 없었다.

"느리기 짝이 없구나!"

쾅!

돌연 생체병기의 머리가 이상한 방향으로 꺾였다.

칠흑의 마창이 생체병기의 머리를 치고 지나간 것이다.

키에엑!

하지만 이내 머리를 제자리 돌린 생체병기는 화가 난 듯한 포효성을 내질렀다. 그러더니 이내 생체병기의 칠흑 같은 몸체가 붉어지는 게 아닌가?

"뭐지?"

스윽.

"……!"

순간 생체병기의 모습이 사라졌다.

"설마?"

어느 틈엔가 생체병기는 현성의 등 뒤로 이동해 있었다.

'어, 어느 틈에?'

현성은 긴장했다.

생체병기의 움직임이 이전보다 세 배 이상 빨라졌기 때문이다. 붉은색으로 빛나는 생체병기는 현성을 향해 낫과 같은 앞다리를 휘둘렀다.

쾅!

"큭!"

그 공격을 현성은 칠흑의 마창을 들어 막아냈다.

"꽤 하는군."

현성은 몸이 떨렸다.

실로 오래간만에 맞이하는 고양감이었다.

비록 현대에 마법사들이 존재한다는 사실을 알았지만, 그들의 수준은 자신의 발끝에도 미치지 못했기에 자신을 위협할 만한 힘을 가진 존재가 없을 거라고 생각했다.

그런데 지금 자신을 이 정도까지 몰아붙이는 정체불명의 존재가 있는 것이다. 현성은 8클래스를 마스터하고 나서 잊고 있었던 강자와 맞붙고 싶다는 투쟁심이 떠올랐다.

"잠깐 동안 그 시절로 돌아가 주지."

이드레시안 차원계를 호령하며 마족들과 전쟁을 하던 그 시절의 자신으로.

현성은 칠흑의 마창을 꽉 움켜쥐었다. 그리고 온몸에서 마력을 방출했다.

그러자 현성의 검은 코트가 펄럭거렸다.

현성은 직감하고 있었다. 이대로 오래 끌면 자신이 진다는 사실을. 실제로 생체병기의 배리어를 부수기 위해 상당한 마나를 소모했다.

남은 마나는 얼마 되지 않았다.

현성과 생체병기는 서로를 노려봤다.

"엑셀러레이션!"

현성은 5클래스 가속 마법을 사용했다.

현재 현성은 펜타 맥스 헤이스트 마법을 시전 중이었다. 거기에 가속 마법까지 걸린 현성의 속도는 그야말로 신속

(神速)이었다.

그렇게 현성과 생체병기는 서로 맞붙기 시작했다.

쾅! 쾅! 쾅!

그들은 숲 속을 종횡무진 누비면서 인간의 동체 시력으로
는 볼 수 없을 만큼 고속으로 움직이며 싸웠다.

그리고 현성은 때때로 블링크를 사용하며 생체병기의 허
를 찌르기도 했다.

그런 그들의 모습에 조사대들은 멍한 표정으로 바라봤다.

"괴물……."

생체병기는 두말할 필요도 없이 괴물이었다. 하지만 그 생
체병기와 대등하게 고속 전투를 벌이고 있는 현성도 그들의
눈에는 인간으로 보이지 않았다.

"이쯤에서 끝내도록 하지."

생체병기와 고속으로 공방을 주고받던 현성은 슬슬 끝을
봐야 할 필요성을 느꼈다.

'더 이상 몸이 버티지 못한다.'

그리고 마나도 바닥을 치고 있었다.

현성은 붉게 빛나고 있는 생체병기를 향해 달려들었다.

"블레이드 오브 다크니스!"

그리고 칠흑의 마창에 5클래스 마법을 걸었다.

현성의 아티팩트인 칠흑의 마창은 아다만티움 금속으로
만들어진 고대 무구였다.

아다만티움 금속은 마법 능력을 몇 배나 강화시켜 주는 능력이 있었다.

화악!

칠흑의 마창에서 검은색 기운이 뿜어져 나왔다.

모든 것을 베어버릴 것 같은 블레이드 오브 다크니스의 기운이었다.

"슈바르츠 블레쳐!"

그 상태에서 현성은 칠흑의 마창 고유 능력까지 발동했다.

블레이드 오브 다크니스의 기운을 가득 머금은 초진동 칠흑의 마창이 생체병기의 가슴에 박혔다.

푸욱! 촤아악!!

키에엑!

그러자 생체병기는 단말마의 비명을 내질렀다.

그리고 붉은 빛을 내던 생체병기의 몸은 다시 검은색으로 돌아왔다.

털썩.

다리 힘이 풀린 생체병기는 땅바닥 위로 주저앉았다.

푸스슷.

생체병기는 가슴을 중심으로 두 조각이 나더니 먼지처럼 바스러져 사라져 갔다.

"후……."

현성은 생체병기가 바람에 날려 사라지자 보조 마법을 비롯한 레이포스까지 풀었다.

그리고 그 자리에서 큰 대자로 뻗어 누웠다.

'조금만 더 늦었다면 위험할 뻔했군.'

정말 종이 한 장 차이였다.

만약 이번 일격으로 생체병기를 쓰러뜨리지 못했다면 당한 것은 분명 자신이리라.

그렇게 현성은 잠시 숲 속 바닥에 누워 휴식을 취했다.

그런 현성의 곁으로 살아남은 조사대의 대원들이 다가왔다.

그들은 하나 같이 초췌했으며, 특히 김태성은 평소 그답지 않게 넋이 나간 표정을 짓고 있었다.

그들이 다가오자 현성은 자리에서 일어났다.

"모두 무사해서 다행이군요."

조사대는 정말 다행스럽게도 생체 병기에 의한 사상자가 나오지 않았다.

하지만 현성은 걱정이 되지 않을 수 없었다.

'만약 지금 같은 정체불명의 생체 병기가 두 마리, 아니 한 마리만 더 나타난다면……?'

생각만 해도 전율이 일었다.

만약 생체 병기가 두 마리 동시에 나타났다면 결코 현성 혼자서 쓰러뜨릴 수 없었을 것이다.

"……."

그리고 조사대의 리더인 김태성은 고개를 숙인 채 불안감으로 흔들리고 있는 표정을 대원들의 눈으로부터 숨기고 있었다.

'이제 어떻게 하지…….'

김태성은 마음 한 구석에서 피어오르고 있는 공포와 불안, 그리고 앞으로 어떻게 해야 할지 선택의 기로에 서서 번민하며 괴로워했다.

이대로 임무를 계속하게 된다면 자신은 물론이고 조사대가 전멸하게 될지도 모르니까.

하지만 문제는 그뿐만이 아니었다.

'틀림없어. 지금 일어나고 있는 일은 그것 때문이야.'

조사대의 대원들은 이번 임무가 신화급 아티팩트를 회수하는 조금 위험한 일 정도라고 생각하고 있었다.

킬러 돌 같은 위험 지정된 전설급 아티팩트가 있었으니까.

하지만 김태성은 달랐다.

그는 서진철 관장에게 따로 이야기를 들은 정보가 하나 더 있었던 것이다.

그리고 서진철 관장으로부터 반드시 임무를 완수하라는 명령을 받았다.

'하지만 지금 이 상황은…….'

환상의 섬 내부는 그가 생각한 이상으로 최악의 상황이었다. 그리고 지금 현재 일어나고 있는 상황은 비밀 연구소의 연구원들이 세운 가설을 뒷받침해 주고 있었다.

청동 거울의 정체가 무엇인지에 대한 가설을 말이다.

'야, 약해지지 말자. 이 임무를 완수하지 못하면……'

김태성은 몸을 떨었다. 조금 전에 조사대를 습격해온 생체 병기를 떠올렸던 것이다.

과연 자신들이 임무를 실패하게 되면 무슨 일이 생길까?

그 생각만으로도 김태성은 손이 떨려왔다.

너무나도 끔찍한 일이 이 세계에 생길 테니까.

김태성은 흔들리는 마음을 다 잡으며 결심을 굳혔다.

목숨을 걸어서라도 임무를 성공시키겠다고.

그리고…….

'우리에게는 그가 있다.'

김태성은 조금 전 현성과 생체 병기의 인지를 초월한 전투를 목격했다.

그리고 확신할 수 있었다.

'이번 임무를 성공시키려면 저 소년이 필요하다. 위저드급의 마법사인 그의 힘이……'

김태성을 비롯한 마법 협회 한국 지부의 마법사들은 옹이 눈이 아니었다.

생체 병기와 싸우면서 현성이 사용한 마법들은 결코 3클래스가 아니라는 사실을 눈치채고 있었다.

'그는 위저드급 마법사다.'

모두 그렇게 생각하며 전율했다.

아무리 아티팩트의 힘을 빌렸다고는 하지만 그것만으로는 생체 병기를 쓰러뜨릴 수 없었으니까.

김태성은 마음의 결정을 내리고 평소와 다름 없는 표정을 유지하려고 애썼다. 그리고 고개를 치켜든 후, 조사대를 향해 조용한 목소리로 입을 열었다.

"임무는……. 이대로 속행한다."

그 말에 현성을 제외한 조사대 전원이 술렁였다.

그리고 이진혁이 김태성을 바라보며 반박했다.

"전 반대입니다. 조금 전과 같은 괴물이 더 있으면 어떻게 할 생각입니까?"

"그런 건 문제가 되지 않아! 설령 그런 괴물이 더 있다고 해도 우리는 임무를 완수해야 해!"

김태성은 드물게 감정을 드러내며 소리쳤다.

"무슨 그런 바보 같은……."

이진혁은 기가 막힌 얼굴로 중얼거렸다.

조금 전 생체 병기의 괴물 같은 모습을 보지 않았던가?

그런데 이대로 임무를 속행하겠다니?

"죽을 생각입니까?!"

"우리들의 목표가 무엇인지 모르겠나! 자그마치 신화급 아티팩트라고! 그것을 멈추지 않으면……!"

순간 김태성은 입을 다물었다.

자신이 말실수를 했다고 느낀 것이다.

'제길……'

"지금 그건 무슨 소리죠? 멈추지 않으면… 이라니요?"

김태성의 말실수를 알아챈 현성이 예리한 질문을 던졌다.

"아, 아무것도 아니네."

김태성은 고개를 흔들며 말했다.

그러자 현성은 의심스러운 눈으로 김태성을 바라봤다.

김태성의 반응을 봐서는 분명 무언가 알고 있는 사실이 있어 보였으니 말이다.

현성은 그를 추궁하기 위해 입을 열었다.

"무언가 알고 있으면 설명을 해……."

하지만 현성은 말을 끝맺지 못했다.

갑자기 스산한 느낌이 들었던 것이다.

'서, 설마?'

다급히 주변을 살펴본 현성은 볼 수 있었다.

어둠 속에서 빛나고 있는 다섯 쌍의 붉은 눈을.

키이익.

믿을 수 없게도 다섯 마리의 생체 병기가 조사대를 둘러싸고 있는 게 아닌가?

'……'

현성은 갑작스럽게 나타난 생체병기를 바라보며 긴장하지 않을 수 없었다.

고작 생체 병기 한 마리를 처치하는데 5서클 마나를 전부 소진하여 겨우 쓰러뜨릴 수 있었다.

그런데 지금 무려 다섯 마리의 생체 병기가 나타난 것이다.

현대에서 처음으로 맞이하는 절체절명의 순간이었다.

『화려한 귀환』 4권에 계속…

백미가 新무협 판타지 소설

FANTASTIC ORIENTAL HEROES

천선지가

불의의 사고로 죽은 청년 이강
오를기다린 것은 무림이었다!

어느 날
그에게 찾아온 운명,
천선지사.

각인 능력과 이 시대엔 알지 못한 지식으로
전생에서 이루지 못한 의원의 꿈을 이루다!

『천선지가』

하늘에 닿은 그의 행보가 시작된다!